HELENA, MUDE SUA HISTÓRIA!
Copyright© C. E. Dr. Bezerra de Menezes

Editor: *Miguel de Jesus Sardano*
Supervisor editorial: *Tiago Minoru Kamei*
Revisão: *Rosemarie Giudilli*
Projeto gráfico e diagramação: *Tiago Minoru Kamei*
Capa: *Ricardo Brito - Estúdio Design do Livro*

Impressão e acabamento: Lis Gráfica e Editora Ltda
1ª edição - abril de 2017 - 2.000 exemplares
Impresso no Brasil | Printed in Brazil

Dados Internacionais de Catalogação na Publicação (CIP)
(Câmara Brasileira do Livro, SP, Brasil)

```
Milito, Carlos Eduardo
    Helena, mude sua história! / Carlos Eduardo
Milito, Marcos Cunha. -- Santo André, SP :
EBM Editora, 2018.

    ISBN 978-85-64118-63-8

    1. Espiritismo 2. Romance espírita I. Cunha,
Marcos. II. Título.

18-13545                                 CDD-133.9
```

Índices para catálogo sistemático:

1. Romance espírita : Espiritismo   133.9

EBM EDITORA
Rua Silveiras, 17 – Vila Guiomar – Santo André – SP
CEP 09071-100 | Tel. 11 3186-9766
ebm@ebmeditora.com.br | www.ebmeditora.com.br

Carlos Eduardo Milito
Marcos Cunha

Prefácio de Miguel de Jesus Sardano

Helena,
mude sua história!

Sumário

Prefácio......09

Prólogo......11

Capítulo 01 - Obsessão......13

Capítulo 02 - Sequestro relâmpago......19

Capítulo 03 - O porto seguro......25

Capítulo 04 - Forças do bem......31

Capítulo 05 - Justiça?......35

Capítulo 06 - Conselhos......39

Capítulo 07 - Ateísmo......43

Capítulo 08 - A organização......47

Capítulo 09 - Aprendizes......51

Capítulo 10 - O rapaz invisível......59

Capítulo 11 - Vampirismo......65

Capítulo 12 - O significado de Deus......70

Capítulo 13 - Algo mais......76

Capítulo 14 - Despertar......81

Capítulo 15 - Dependência......85

Capítulo 16 - Professor Rivail......90

Capítulo 17 - Diferentes energias......97

Capítulo 18 - Filhos......101

Capítulo 19 - Um mês depois......110

Capítulo 20 - Senhores da luz......114
Capítulo 21 - Amparo astral......118
Capítulo 22 - Vidas pregressas......123
Capítulo 23 - Laços de família......126
Capítulo 24 - Derradeiro encontro......132
Capítulo 25 - Amparo......136
Capítulo 26 - No astral......141
Capítulo 27 - Decisão......143
Capítulo 28 - Desdobramento......146
Capítulo 29 - Arrependimento e reparação......150
Capítulo 30 - Seis meses depois......157
Capítulo 31 - Uma religião......162
Capítulo 32 - O Centro Espírita......170
Capítulo 33 - Cristo consolador......174
Capítulo 34 - Recaída?......179
Capítulo 35 - Trabalhe para o bem......183
Capítulo 36 - Carta de um filho......188
Capítulo 37 - Carta de um pai......192
Capítulo 38 - Confraternização espiritual......195

Prefácio

Helena, mude sua história! Quantas Helenas precisam e devem mudar a sua história, a partir do momento em que pressentirem que estão perdendo controle da vontade. Os "Brenos" da história são igualmente encontrados nos ambientes frequentados por jovens.

Os personagens são autênticos, apenas seus nomes foram trocados. Da mesma forma, os nomes que aparecem são pseudônimos, mas os fatos não.

O grupo que protagoniza a nossa história é de gente comum, do povo, como nós. A diferença está no ambiente em que se vive e na base familiar, pois, sem dúvida, a família é o instituto sagrado onde as almas se encontram em processos de reajustes, para aprender a perdoar, a superar as eventuais diferenças e a amar. O lar é a primeira escola, e os pais ou os responsáveis são os primeiros educadores.

A base religiosa também faz a diferença, uma vez que a religião é um ingrediente importante na constelação familiar. Na história de Helena e seu grupo, o conhecimento da Doutrina Espírita teve papel decisivo para um desfecho feliz. Portanto, esses são os principais determinantes da formação moral – base familiar e religiosa, que resultam na educação e no exercício da cidadania.

Na trama, visivelmente registrado ainda está o intercâmbio energético entre irmãos encarnados e desencarnados, ambos dependentes químicos, através do processo denominado "vampirização" ou "obsessão", de acordo com a linguagem técnica da Doutrina Espírita, e que o vulgo apelidou de "encosto" – um aspecto elucidado com muita propriedade na obra.

Tenho certeza de que este romance vai contribuir grandemente para ampliar sua visão e entendimento sobre a relação que existe entre o plano material e o espiritual, bem como a influência dos espíritos em nossas vidas. Temos como nos defender?

Você vai conferir na leitura deste livro, que eu recomendo. Os autores são os mesmos do grande sucesso *A Vida é Mais, Jaqueline!*.

Santo André, 06 de março de 2018.

Miguel de Jesus Sardano

Prólogo

Helena era uma estudante universitária e cursava o terceiro semestre do curso de jornalismo em uma boa universidade da cidade de São Paulo. Garota bonita, inteligente, carismática, na plenitude dos seus dezenove anos de idade e de personalidade forte, aos poucos, começou a se envolver no mundo das drogas.

Desde a época do ensino médio, quando frequentava as chamadas "baladas", tinha o costume de consumir eventualmente alguns drinks como uísque ou vodca. Em uma dessas festas, teve sua curiosidade aguçada por ver alguns de seus amigos fumarem cigarros de maconha, também conhecidos por "baseados". Não demorou muito para que a jovem experimentasse o tal cigarro e após algum tempo conhecesse a cocaína e assim começasse a utilizá-la, ao invés da já conhecida erva.

Inicialmente, todas as vezes que havia algum evento festivo lá estava ela, em companhia de alguns dos colegas de classe, a consumir o pó branco. Aos poucos, resolveu fazer uso da droga fora de ocasiões festivas, como em véspera de provas, achando que dessa maneira ficaria mais "ligada" para estudar.

Quando se deu conta, utilizava tal substância pelo menos três vezes por semana. Por sentir igualmente atração por bebidas alcoólicas, não era raro a combinação das duas substâncias: álcool e cocaína.

Nos últimos meses, sua mãe, viúva, percebia que tanto o humor quanto o comportamento da filha única haviam mudado, e tinha quase certeza de que o motivo era um só: o uso de drogas. A desolada progenitora precisaria, então, tomar alguma decisão. Precisaria agir!

Capítulo 01

Obsessão

Sozinha no seu apartamento após consumir razoável quantidade de vodca, Helena, aproveitando a ausência da mãe, decidiu apanhar o papelote de cocaína que havia ganhado de um conhecido, Heitor. Como ela mesma dizia, estava "fissurada" de vontade de consumir o pó. Revirou a bolsa e nada de encontrar. Remexe daqui, mexe dali e nada. Não teve dúvidas: virou a bolsa de cabeça para baixo sobre sua cama, esvaziando-a totalmente. Na cama, vários objetos e miudezas femininas, mas nada do papelote. Enfurecida, ligou para o rapaz.

— Cadê o pó que tava na minha bolsa, seu maldito?

— Calma aí, Lena. Tive de pegar de volta pra fazer um acerto. Os mano tão me encostando na parede. Tô com uma dívida de mais de quinhentos paus, se eu não acertar essa conta os caras vão me apagar.

— Como você mexe nas minhas coisas? Tô na fissura, meu! Você mostra o doce pra criança e depois tira?

— Calma, princesa! Bateu desespero. Depois pensei melhor e vi que pra quitar essa encrenca com o Breno precisaria de muitos papelotes.

— Então, mano. Tirou de mim à toa. Cadê o papelote?

— Ainda tá comigo.

— Vem pra cá, então. A gente conversa pra tentar resolver essa parada. Tô precisando dar um "tiro".

— Tá bom, princesa. Tô perto. Chego rápido.

* * *

Inês, senhora distinta, de razoável posição social, que vivia de uma boa aposentadoria do falecido marido, andava muito desolada da vida. Resolveu, então, naquela tarde aceitar o convite da amiga Maristela e ir ao seu apartamento para uma conversa. Desde que ficara viúva, havia quase treze anos, notava em sua filha única índole duvidosa e personalidade difícil. Nos últimos dias havia descoberto seu envolvimento com drogas ilícitas, e sua melhor amiga, ao tomar ciência da situação, prontamente ofereceu ajuda. Após muito conversarem, Inês desabafou:

— Eu sou a maior culpada pelo que está acontecendo, Maristela! Desde que perdi meu marido não tive pulso firme para segurar Helena.

— Não se culpe, Inês. Não pense no passado! Como já disse, vamos ver o que podemos fazer para mudar tudo isso.

— Estou passada, minha amiga. Já não basta eu ter convivido com os problemas de alcoolismo do meu falecido marido? Acho que Helena teve a quem puxar.

— Não fale isso, Inês! Ao falar do seu companheiro que não vive mais neste mundo, direciona energias ruins para ele.

— Ele também é culpado! Tenho ódio quando penso nisso!

— Dessa forma, sem saber, você obsidia seu marido. Mude sua cabeça, Inês! Por que você não aproveita e não me acompanha hoje ao Centro Espírita de que te falei? Pensei em te levar assim que me ligou e me contou tudo. Assim, poderá ajudar a sua filha e a você mesma.

Inês emudeceu e ficou pensativa. Sua amiga Maristela já havia por outras vezes feito o mesmo convite. Ela frequentava um Centro Espírita chamado Obreiros da Nova Era, localizado a vinte minutos de carro de sua residência, onde comparecia todas as terças-feiras, para ouvir uma palestra e receber um passe.

— Vou aceitar seu convite, Maristela. Sei que você vai hoje, porém, só poderei ir na semana que vem. Quero voltar logo para casa, pois percebi que agora Helena tem feito pequenos furtos, estão sumindo valores da minha carteira. Nem ando mais com tanto dinheiro e tenho usado cartões. Quero ter uma conversa séria com ela.

— Vá com calma com sua filha, amiga. Mas ficarei feliz se me acompanhar na próxima semana. Se ela fosse seria melhor ainda. Independentemente disso, vou colocar o nome dela nas vibrações e orarei por ela quando estiver lá. Tudo ajuda.

— Certamente, Maristela. Não sei como agradecer. Quando mais jovem, frequentei um centro espírita no interior e apreciava muito.

— Você vai gostar de lá. Há pessoas maravilhosas, como o Sr. Octávio, o palestrante, e tantas outras.

— Estarei lá sim. Preciso ir agora, Maristela! Quero voltar logo para casa.

* * *

O interfone acabava de anunciar a chegada de Heitor no prédio de Helena. Ela, imediatamente, autorizou sua entrada. Ao subir e perceber que a jovem morava em um edifício de classe média alta, ele teve uma ideia, pois imaginou que Helena pudesse ajudá-lo a quitar suas dívidas com os "fornecedores".

— Que prédio bacana o seu, hein, Lena? Eu aqui atrás de 600 paus e você é a maior cheia da grana?

— Eu? Tu tá de brincadeira, né? Sou dura. A velha tem é patrimônio e nem sei se grana ela tem. E a carteira dela nunca tem mais de cem reais. Cadê o papelote?

15

— Pô, Lena! Tô com problema sério.

— Tá aqui cento e cinquenta reais. É tudo que eu tenho. Você sabe que vivo de mesada e ainda não trampo.

— Você não tem conta em banco, cartão de crédito ou sei lá?

— Que nada! Minha mãe diz que enquanto eu não terminar a facul vai continuar tesourando tudo.

— Que osso!

— Dá o pó. Daqui a pouco a velha chega.

Assim que Heitor tirou o papelote do bolso da sua jaqueta e o deu para Helena, uma cena invisível aos olhos deles se desenhou naquele apartamento: cinco entidades espirituais, com vestimentas negras, olhares perdidos, aparências animalescas, pertencentes às regiões de baixas frequências espirituais, posicionaram-se no entorno de Helena incentivando-a a abrir logo o papelote e consumir rapidamente a substância. Aquelas criaturas, quando encarnadas, eram viciadas em cocaína e, mesmo após a perda do corpo físico, mantinham os mesmos desejos. Com o ritual que aconteceria a seguir, aqueles seres sugariam de Helena as sensações pelo consumo da droga.

O chamado "vampirismo espiritual" ocorreria, pois aqueles espíritos, muito apegados às sensações materiais, continuavam, após o túmulo, a buscar as mesmas sensações que desfrutavam quando encarnados. Trata-se de uma prática comum, uma vez que os espíritos dependentes químicos vinculam-se, frequentemente, aos encarnados, tal qual Helena, que vibrava em faixa idêntica a deles, a fim de absorverem as sensações que a droga desencadeia no usuário.

Enquanto a obsidiada jovem despejava o pó em cima de uma mesa de vidro que havia no seu quarto, os seres espirituais acompanhavam-na atentamente. Nesse momento, Hei-

Helena, mude sua história!

tor recebeu uma mensagem de texto no seu aparelho celular e prontamente disse para Helena:

— Preciso ir, gata. Tenho de arrumar mais grana ainda hoje. Não se esqueça de mim. Guarda um pouco.

— Tá bom. Vai nessa! Depois a gente se fala.

* * *

Passava das seis horas da tarde, e a noite caía rapidamente naquela tarde fria de inverno. Heitor, em frente ao prédio de Helena, após ser fortemente intimado por mensagem de texto, por um sujeito chamado Breno, resolveu ligar para ele.

— Não tenho toda essa grana, mano! Me dá mais um dia.

— Você tem até a meia-noite de hoje pra trazer a grana pra mim, senão é um cara morto. A gente vai te matar.

— Não tenho seiscentos paus. Tenho cento e cinquenta.

— Se vira, meu!

Breno desligou o telefone. O coração de Heitor começou a bater descompassadamente. Estava apreensivo. Teve, então, um impulso de ligar para o amigo Jonatan, que morava muito próximo dali.

— É o Heitor. Beleza, meu? Mano, você tá em casa?

— Já tava de saída. Fala aí, mano!

— Me encontra embaixo do seu prédio. Cinco minutos e chego aí.

Em seguida, Heitor contou o seu problema a Jonatan que, sem dinheiro, não tinha como ajudá-lo. Então, prosseguiu:

— Tô no desespero agora, mano. Não sei o que fazer.

— Acho que posso te ajudar. Tenho uma ideia.

* * *

Helena colocou toda a quantidade de pó que havia dentro do papelote em cima da mesa de vidro e fez algumas grandes trilhas usando antigas lâminas de depilação. Surpreendeu-se com a boa quantidade da substância que lá havia. Sabia que a mãe tinha saído de casa havia mais de duas horas e que poderia voltar a qualquer momento, então, procurou ser rápida.

Os seus obsessores assopravam ao seu ouvido, instigando a jovem a tomar mais uma dose de vodca antes de consumir a droga.

– Beba mais vodca, Helena. Vamos! Beba logo.

Ela prontamente se dirigiu ao móvel, onde eram guardadas as bebidas, e abasteceu seu copo, antes utilizado, com nova e generosa dose. Voltou rapidamente para o quarto com o copo na mão, trancou a porta e, em poucos segundos, de uma vez, deixou o copo seco. As vozes continuavam a falar aos seus ouvidos, sem que ela soubesse.

– Vamos. Agora o melhor. Pegue esse canudo e inale tudo! Não deixe sobrar nada!

Helena foi cheirando todas as trilhas, uma a uma, e alternando as narinas nas vezes que tomava fôlego. Em aproximadamente um minuto a mesa de vidro já estava "limpa". Seus obsessores sentiam as mesmas sensações da jovem de dezenove anos.

Em seguida, ela arrumou rapidamente o quarto, foi à cozinha, tomou um grande copo de água e ao passar pela sala começou a sentir grande mal-estar. Pensou em ligar para alguém, mas não houve tempo. Começou a ver tudo escuro e caiu desacordada.

Capítulo 02

Sequestro relâmpago

Inês sentia-se em pânico. Estava a menos de dois quarteirões de seu prédio e jamais imaginara que um dia pudesse vivenciar uma situação de violência. Passou mais de cinquenta anos vivendo uma vida relativamente tranquila, apesar de residir em uma grande metrópole.

Ela estava sozinha no carro, aguardando o tempo do semáforo, quando, de repente, foi surpreendida por dois jovens que aparentavam ter no máximo dezenove anos de idade.

— Destrava a porta, tia! Vamos! Rápido! Destrava a porta! — falou o jovem mais encorpado apontando uma arma para ela. — E, sem nenhuma palavra, senão mando bala.

Totalmente anestesiada e apavorada, obedeceu por instinto à ordem do rapaz. Em seguida, outro rapaz surgiu e sentou-se no banco traseiro do carro, enquanto o outro que anunciara o assalto acomodava-se na frente, no banco do passageiro.

— Muito bem, tia — falava o jovem que estava no banco do carona, apontando a arma na direção do abdome da senhora. — Se colaborar com a gente não vai morrer. Acelera aí, tia. Vamos! Anda, anda.

Inês obedecia em silêncio às ordens e rezava em pensamento para que nada lhe acontecesse. Os dois perceberam que os pertences da senhora estavam no banco de trás. O rapaz sentado no banco da frente conversava com o comparsa.

— Vasculhe essa bolsa. Veja se tem dinheiro e coisas de valor.

— Já estou fazendo isso. A carteira está aqui. Achei cinquenta reais.

— Só tem isso, tia?

— Não ando com muito dinheiro — respondeu Inês com voz de medo. — Por favor, levem meu carro e tudo o que vocês quiserem, mas me deixem ir.

— De jeito nenhum. Cadê seus cartões? Vamos sacar!

Rapidamente, a senhora mostrou com gestos que os cartões bancários estavam no mesmo porta-notas.

— Por favor, me deixem ir!

— Fica quieta, tia. Sem mais nenhuma palavra, senão meto bala — falava o rapaz da frente, fazendo cara de mau.

Inês tentava se acalmar, pois sabia que de nada adiantaria aborrecer os rapazes. Resolveu, então, daquele momento em diante, ficar muda e aguardar as ordens. Ela seguia dirigindo sob os comandos do rapaz da frente, que em certo momento alterou a rota, ordenando-lhe que pegasse um viaduto que rumava em direção a outro bairro. Passados dez minutos, sob as ordens dos jovens, Inês parou o carro junto a um caixa eletrônico de um grande banco, que possuía também um recuo para alguns automóveis estacionarem.

Antes de descerem do carro, os rapazes conversavam entre si.

— Você vai com ela sacar, Tor. Eu fico aqui no carro para não dar bandeira.

— Tá bom. Por aqui tá deserto e não teremos problemas.

— Vai logo, Tor. Vai logo, tia. Facilita pra gente.

A dominada senhora estava apreensiva, pois sua conta corrente daquele respectivo banco era pouco movimentada e ela mal lembrava a senha. Ela tentou explicar:

— Meus jovens, este banco aqui eu uso pouco, nem sei se tenho dinheiro em conta. Por favor, me entendam!

— Cala a boca, tia! Isso não cola. Tamo aqui e agora você vai lá sacar. Desce lá com ela, Tor. Vamos, rápido! Rápido!

Os dois desceram e o rapaz que a acompanhava dizia portar uma arma escondida, para coagir sua vítima, se necessário. Chegaram, em seguida, dentro da cabine onde ficava o caixa eletrônico. Inês estava trêmula, pois sabia que mesmo que lembrasse a senha seu saldo era pequeno. Após inserir o cartão, notou que havia digitado corretamente a sequência de números e letras e, então, respirou aliviada. Por perceber que aquele rapaz que a acompanhava era menos rude que o outro que havia ficado no carro, teve a perspicácia de mostrar o saldo da conta na tela antes de qualquer operação.

— Veja, meu jovem! Só tenho cento e vinte e três reais aqui!

— Eu vi. Mas não tem limite, tia?

— Isso que está aparecendo é o disponível contando o limite!

— Vamos ver. Tenta sacar uns quinhentos reais mesmo assim!

Rapidamente, a senhora obedeceu ao jovem e a máquina mostrou a mensagem de saldo insuficiente. Inês, mesmo muito tensa e procurando se controlar, fez apenas um gesto, mostrando-lhe a mensagem.

— Droga! Saque então o que puder! Saca cento e vinte! É o que tem, né?

— Isso!

Em poucos instantes, ela sacou a quantia e entregou ao jovem. Voltaram ao carro e assim que entraram o amigo perguntou:

– E aí? Como foi?

– Só cento e vinte reais, Jô! A tia não tava mentindo. Eu mesmo vi o saldo. Temo de rodar mais uma pouco com ela.

– Droga! Vamos, tia. Liga esse carro logo, que já tô perdendo a paciência.

Os dois jovens preferiam que Inês dirigisse, para que ela prestasse atenção às ruas, evitando olhar o menos possível para eles. Ela acatava as ordens de forma resignada, e um pouco menos nervosa tentava dialogar com os dois.

– Deixe-me ir. Leve meu carro, meu celular e tudo o que vocês quiserem!

– Não, tia! Queremos grana viva. Vamos rodar mais. A gente viu outro cartão de banco no seu porta-notas. Tem mais grana lá, tia?

A senhora balançou a cabeça de forma afirmativa e disse:

– Eu saco e vocês me deixam ir embora depois, tudo bem?

Nenhum dos dois rapazes respondeu.

Em poucos minutos, eles encontraram o outro banco em que Inês tinha conta, em uma avenida das imediações por onde circulavam. Esse era grande e também possuía recuo para alguns automóveis e caixa eletrônico na parte frontal. Entretanto, ao perceberem que havia considerável movimentação por ali, eles pediram para a senhora dar algumas voltas no quarteirão até que o movimento diminuísse.

Eles rodaram bastante, e assim que o banco ficou deserto, Inês saiu novamente do carro, acompanhada do rapaz que ocupava o banco traseiro do carro, para tentar efetuar novo saque. Ainda era cedo, apesar de estar escuro. Faltavam quinze

Helena, mude sua história!

minutos para as oito horas da noite. Pelo horário, ainda não havia restrição de valores a serem retirados.

Enquanto Inês efetuava o saque máximo permitido, que era de mil reais, o outro jovem, que havia ficado no carro, resolveu sair e andar pela rua nas imediações do banco, fingindo falar ao celular, pois acabava de visualizar um carro que havia estacionado em outra vaga próximo ao veículo de Inês. Ele "gelou" ao constatar que o veículo era de uma empresa de segurança particular. Dele desceu um moço forte, de terno, com toda a característica de um profissional da empresa, que também pretendia fazer um saque no caixa eletrônico. Ele pensou: "Droga, droga! Vamos logo, Heitor! Apressa a tia."

Naquele exato momento, o terminal que estava sendo utilizado por Inês, na hora da contagem das cédulas, fez um barulho diferente, demorando mais do que o normal para finalizar a operação. Passados alguns segundos, a máquina mostrou a mensagem de que o saque não havia sido efetuado por problemas técnicos.

Inês, sem notar que havia mais uma pessoa efetuando saque em outro terminal, e por estar ainda tensa, disse ao rapaz que o acompanhava:

– Tá vendo? Essa máquina deu problema. Você viu, né? Vou tentar outra.

O rapaz que a acompanhava consentiu com um gesto afirmativo com a cabeça, pois não queria levantar suspeitas. Ele também estava tenso. Inês, então, dirigiu-se ao terminal ao lado e começou a repetir a operação.

O homem de terno, ao ouvir a última frase dita pela senhora, ficou "antenado" em seus dois "vizinhos". Poucos instantes após efetuar seu saque, percebeu que do lado de fora havia um carro estacionado, e um outro rapaz falando ao ce-

23

lular naquelas proximidades. Ficou desconfiado. Decidiu, então, prolongar sua estada por ali, executando outras funções no terminal, com a intenção de observar discretamente os três: a senhora e o rapaz do lado de dentro do banco e o outro rapaz do lado de fora.

Ao observar Inês sair do banco e se dirigir para o carro, notou que os dois rapazes também entraram dentro do veículo de forma rápida – tanto o primeiro que a acompanhara no caixa eletrônico, quanto o segundo que supostamente falava ao celular ao lado do carro. Ele, então, teve convicção de que aquela senhora estava sendo vítima de um sequestro relâmpago. Seu instinto de policial, que naquele momento fazia bicos de segurança particular, falou mais alto: havia algo de estranho na fisionomia daquela mulher. Era preciso agir!

Capítulo 03

O porto seguro

Faltavam alguns minutos para as oito horas da noite e Maristela estava presente no Centro Espírita Obreiros da Nova Era. Um local aconchegante e de muita luz, onde ela se sentia completamente amparada e em plena paz de espírito. Ela classificava o lugar como seu "porto seguro". O lugar poderia ser descrito tal qual uma humilde Casa de Caridade, com várias atribuições, cujo principal objetivo era levar a palavra amiga, o carinho, o sorriso e a boa vontade aos seus frequentadores, além de mostrar os ensinamentos do Evangelho de Jesus nos encontros e nas palestras semanais que ali havia.

Dentre várias atividades, a iluminada Casa sempre realizava eventos para arrecadação de donativos para as obras sociais, e antes da abertura dos trabalhos de palestras algum colaborador informava sobre as campanhas. Por vezes, o Centro organizava alguns bazares e brechós para que seus frequentadores pudessem aproveitar a ocasião e adquirir algum produto.

Naquela noite, a palestra de vinte minutos de duração, antes dos habituais passes, teria por tema a "Perturbação e a Obsessão". Para isso, lá estava o simpático decano da Casa, Octávio, um carismático senhor que beirava os sessenta anos de idade e atraía público de todas as idades. Trabalhando naquela Casa desde a fundação, era chamado de "senhor das terças-feiras", pois fazendo chuva ou sol, calor ou frio, sempre levava o auditório à lotação máxima.

Após os cumprimentos e as saudações, os presentes oraram e fizeram as vibrações iniciais dos trabalhos. Em seguida, Octávio iniciou a abordagem do tema.

— Boa noite, amigos, que a paz do Mestre Jesus envolva a todos.

— Agradeço a presença de todos em nossa Casa, para que juntos possamos estudar um pouco mais sobre a Doutrina Espírita, esta que nos abraça e nos dá a capacidade de enxergarmos bem mais os caminhos que trilhamos em nossa caminhada evolutiva.

— Hoje falaremos da lição "Perturbação e Obsessão", contida no livro *Alma e Coração*, ditado pelo Espírito Emmanuel, por meio da psicografia do saudoso irmão Chico Xavier.

— Muitos são os recursos que nos são disponibilizados pela vida: família, amigos, saúde, trabalho, dinheiro, agasalho, comida, um teto, tudo isso além da capacidade de podermos pensar, sentir, falar, ouvir, sorrir e amar.

— Como podemos ver, são muitos os bens com que somos presenteados a fim de seguirmos nossa trajetória de vida. Mas será que damos valor a tudo isso? Será que agradecemos por tanto recebermos? Algumas vezes sim, mas na maior parte do nosso tempo estamos tão preocupados com as coisas materiais que esquecemos das espirituais.

— Mas, sempre surgirá um momento em que nos perguntaremos: Como estamos quanto aos nossos desajustamentos espirituais? E a nossa resposta será a de que estamos PERTURBADOS!

— Irmãos, estamos constantemente ameaçados por desafios e perturbações. Doenças, perda de entes queridos, desarmonia no lar, desemprego, vícios, desequilíbrios emocionais são características próprias de espíritos ainda imperfeitos, como nós.

— Essas ameaças são coisas que ninguém gosta, não é mesmo? Poderemos, então, nos perguntar o que esses momentos infelizes significam em nossas vidas.

— Significam "oportunidades" — disse, Octávio com um grande sorriso, fazendo uma pausa antes de prosseguir.

— Oportunidades de aprendermos a resistir, com equilíbrio, às dificuldades da vida, extraindo desses momentos o aprendizado necessário para enfrentarmos outros momentos difíceis quando esses chegarem. Daí a importância de nos conhecer, parafraseando o grande filósofo Sócrates quando disse: "conhece-te a ti mesmo."

— Nosso espírito é igual a um diamante bruto, que ao longo de inúmeras reencarnações vem sendo lapidado a fim de nos transformarmos em um brilhante belo e reluzente, que acontecerá quando atingirmos a perfeição espiritual que cabe a cada um de nós.

— O problema, amigos, é que quando as dificuldades surgem, nós esquecemos das ferramentas indispensáveis para enfrentar essas dificuldades, ou seja, a paciência, o entendimento, a serenidade, a confiança, a educação, a fé e a oração.

— Já é hora de parar e refletir acerca das retificações necessárias em nós ao invés de pensar que estamos sendo obsidiados! Vítimas de entidades vampirizantes.

— A obsessão é algo mais sério. É o domínio que alguns espíritos adquirem sobre outros, provocando-lhes desequilíbrios psíquicos, emocionais e físicos. Pode ocorrer de desencarnado para encarnado, o que é mais comum. Nesse caso, cito como exemplo a situação de dependência química, quando os seres perturbados, provenientes de regiões de baixas frequências, vampirizam o dependente sugando todas as sensações físicas quando esse faz uso da droga. Logicamente, que há diversos fatores que levam à dependência química: falta de perspectivas, experiências de outras vidas, famílias desestruturadas, modismos, falta de atenção dos pais, amizades, que levam um indivíduo a ser atraído para esse mundo, porém não podemos descartar que a obsessão é um fator importante nesse aspecto.

— Existem também as obsessões de desencarnado para desencarnado no plano espiritual, tendo em vista que quando desencarnamos não nos tornamos santos, uma vez que continuamos a carregar o peso de nossos erros.

— Há ainda as obsessões de encarnados para encarnados, movidas por sentimentos inferiores de ódio, raiva, inveja, preconceitos e tantos outros. E, finalmente, de encarnados para desencarnados, que ocorre ao se dirigir pensamentos e sentimentos inferiores àqueles que já retornaram à Pátria Espiritual. É prática comum entre algumas pessoas invocarem alguém que não está mais neste mundo, atribuindo-lhe alguma responsabilidade por algo que acontece em suas famílias.

— Tendo em vista nossas atitudes equivocadas de orgulho, egoísmo, raiva, inveja, julgamentos excessivos, vícios materiais e espirituais e de avareza moral abrimos as "portas" espirituais para possível obsessão. Entretanto, na maioria das vezes, acabamos nos auto-obsidiando, por meio de uma condição mental doentia e atormentadora.

— E alguém poderia me perguntar por que acontecem essas auto-obsessões. Sabem por quê? – perguntou Octávio, fazendo ligeira pausa e observando a todos no auditório. Então, continuou a explanação:

— Por causa de culpas e remorsos que nos atormentam, considerando as atitudes equivocadas das quais somos os únicos responsáveis. Quando baixamos o nível moral e espiritual de conduta, entramos em sintonia com o ambiente espiritual de igual teor, agravando o quadro de sofrimento que estamos vivendo.

— Não nos enganemos! Vivemos em um mundo de provas e expiações, logo, somos espíritos de provas e expiações, que erramos muito em existências passadas e continuamos a cometer os mesmos erros. O ódio, a vingança, o desespero, a criminalidade e as traições ainda fazem parte de nossa conduta, advindo daí a necessidade de reencarnações regenerativas e dolorosas. Somos como aquele aluno que não estuda, vai mal nas provas e reprova, tendo de fazer tudo novamente. Não aproveitamos a oportunidade bendita de uma nova reencarnação, então, colhemos o fruto amargo de nossa semeadura também amarga.

— Pensemos em nossa vida tal qual um barco. Se não houver um comandante, ele ficará à deriva. Mas quem é o comandante desse barco? Somos nós que estamos no comando e no leme de nossas vidas. Por opção, poderemos levá-lo pelos mares agitados por tempestades de angústias, de revoltas, de sofrimentos, ou pelos mares calmos da meditação, da prece, da caridade, do perdão e do amor.

Nesse momento, Octávio fez nova pausa e, Carlos, um trabalhador do Centro, aproveitando-se do pequeno intervalo, fez a seguinte pergunta:

— Sendo assim, amigo Octávio, qual seria a receita para a condução de nossas vidas por mares serenos?

Carinhosamente, o simpático senhor respondeu:

— Caro amigo Carlos, seria ótimo e até conveniente se tivéssemos a receita pronta de como conduzir nossas vidas, mas não a temos. Cada um de nós vive seu próprio momento de evolução e aprendizado e cada qual, portanto, escreve a sua própria receita de felicidade, sempre de acordo com sua evolução moral e espiritual. Mas, o que posso dizer, sem medo de errar, é que existem quatro atitudes que, se praticadas, facilitarão nossa caminhada: autocontrole; autoimunização mental, a fim de não entrarmos em sintonia com irmãos perturbados, sejam encarnados ou desencarnados; caridade e finalmente amor ao próximo.

— O grande filósofo Jacques Rousseau, filósofo suíço que viveu no século XVIII, disse: "Sejamos bons primeiro, depois seremos felizes". Não pretendamos o salário antes do trabalho, nem o prêmio antes da vitória.

Nesse momento, os trabalhadores da Casa, que possuíam a mediunidade da vidência, puderam observar que fachos luminosos desciam do Alto em direção a todos os que estavam no salão, em uma verdadeira doação de amor por parte dos trabalhadores da espiritualidade, fazendo com que reinasse no ambiente verdadeiro sentimento de paz e mansidão entre todos.

Octávio, que também percebia claramente essa manifestação espiritual, aproveitou para finalizar sua palestra lendo um trecho da obra *Pai, Perdoa-lhes* do autor espiritual Irmão José, psicografado por Carlos Bacceli:

> É em teus sentimentos inferiores que os espíritos encontram brechas para induzir-te a processos de natureza obsessiva. A quem não ofereça campo mental, os adversários desencarnados não conseguem molestar. Mágoa e ressentimento são pontos de ligação com as trevas. Fecha a porta de teu espírito à influência perniciosa dos espíritos com a chave de luz do perdão. Que o ódio não te deixe à mercê da vontade das entidades infelizes que saberão utilizá-lo contra ti mesmo. A maioria dos casos de obsessão é somente equacionada a contento quando, pelo menos, uma das partes envolvidas toma a decisão de perdoar.

— Obrigado, caríssimos irmãos, e muita paz a todos!

Capítulo 04

Forças do bem

Maristela não tirava Helena da cabeça desde o momento em que chegara ao Centro Espírita. Antes de assistir à palestra de Octávio colocou o nome da jovem para vibrações em uma urna que lá havia. Após a palestra, continuou com os pensamentos firmes, e no momento do passe intensificou-os ainda mais, permanecendo durante todo o tempo em forte prece.

— Irmãos benfeitores espirituais, permitam que nossa irmã Helena, filha da minha amiga Inês, possa receber as vossas bênçãos e entre em sintonia de equilíbrio. Rogo em nome de Jesus o amparo à sua alma perturbada. Que ela possa despertar desse mundo de trevas e encontrar um caminho de luz! Como é nobre a dádiva da vida, meus irmãos! Que a mente dessa jovem possa enxergar que nossa reencarnação é uma oportunidade de aprendizado e por aqui temos de tentar fazer sempre o melhor. Mostrem a ela novo caminho de esperanças e afastem-na das energias nocivas que a cercam.

— Rezo agora a oração que Jesus Cristo nos ensinou, pedindo encarecidamente que as almas iluminadas, pertencentes às moradas de luz, intervenham por ela. "Pai nosso que estais no céu. Santificado seja o Vosso nome. Vem a nós o Vosso Reino. Seja feita a Vossa vontade aqui na terra como no céu. O pão nosso de cada dia nos dai hoje. Perdoai as nossas ofensas, assim como perdoamos a quem nos tem ofendido. Não nos deixeis cair em tentação. Livrai-nos do mal. Que assim seja, graças a Deus."

Tamanha fora a intensidade da prece feita por Maristela, enquanto ela recebia o passe, que o médium passista chegou a ter sensações diferentes daquelas que normalmente sentia quando aplicava passes. E naqueles segundos de doação e recebimento de energia, Maristela, por detrás do rosto tranquilo e sereno, vertia lágrimas de emoção que caíam involuntariamente.

Após o passe, ela agradeceu com muito carinho ao médium, retirou-se da câmara de passes, voltou para o auditório e cumprimentou calorosamente o amigo Octávio, que sempre era muito requisitado por várias pessoas. Rapidamente, trocou as seguintes palavras:

– Como sempre, maravilhosa sua palestra, meu querido! Na semana que vem quero trazer uma nova amiga aqui. Ela vai adorar conhecê-lo.

– Oh, Maristela. Que bondade a sua! Sempre é uma alegria colaborar e ajudar novos irmãos. Traga-a aqui que ela será bem-vinda.

Octávio possuía um nível de mediunidade tão acentuado que bastou Maristela falar da amiga para ele imediatamente ser intuído de que alguém da família de Inês estava precisando de ajuda. Em sua caminhada por mais de dez anos naquele Centro Espírita, teve a oportunidade de ajudar muitas pessoas, com sucesso. O seu prazer na vida era servir ao próximo. Despediram-se calorosamente.

* * *

No apartamento de Helena, os espíritos obsessores continuavam a rondá-la, mesmo ela estando desacordada, pois as substâncias por ela ingeridas ainda circulavam em seu sangue e atuavam em seu cérebro.

Com rapidez, chegaram várias entidades, invisíveis para as que ali estavam, que surgiam esplendorosamente como se fossem trazidas por um feixe de luz que partia do teto da sala.

Todas de aparência serena, vestidas de branco, de olhares carinhosos e emanando muita paz. Os cinco espíritos obsessores começaram a sentir inexplicável incômodo e decidiram afastar-se daquele local. O líder daquele grupo falou para os demais:

– Vamos embora! Ficou estranho aqui!

Assim que os espíritos obsessores afastaram-se, como num estalar de dedos, as entidades de luz cercaram a jovem que estava caída sobre o tapete da sala, deram-se as mãos, formando um círculo no seu entorno, olharam em direção a ela e oraram fervorosamente em nome de Jesus. Eram sete entidades. Da direção da cabeça de cada uma delas uma luz em tonalidade lilás era emitida em direção ao corpo de Helena. Após pouco mais de três minutos, os espíritos de luz ali presentes terminaram a intervenção, entreolharam-se carinhosamente e partiram do local.

Eis que as preces de Maristela, feitas naquele momento, enquanto recebia o passe no Centro Espírita, fizeram com que os invisíveis obreiros do bem chegassem à casa da perturbada jovem e agissem. O mundo invisível aos nossos olhos está sempre em total sinergia com o nosso.

Helena começou a se levantar lentamente. Não tinha lembrança de como fora parar ali no chão. Não sentia o efeito das substâncias entorpecentes que havia consumido horas antes. Passou a sentir remorso pelos atos que vinha praticando. Não estava achando certo subtrair quantias da carteira de sua mãe. Sabia que havia se tornado uma dependente química e que seu corpo pedia por substâncias ilícitas. Encaminhou-se desgovernadamente para seu quarto, trancou a porta e caiu em choro. Passados alguns minutos, sua vontade de chorar cessou e ela, prostrada em sua cama com olhar perdido, pensou em vários episódios de sua vida, operando em sua mente um *flashback*.

Quando tinha seis anos de idade, pouco antes de seu pai falecer, recordou-se de uma vez que ele havia chegado muito alcoolizado em casa, teve forte discussão com sua mãe e, utilizando-se covardemente da violência, machucou-a muito. Não conseguia tirar essa imagem da cabeça. Voltou a chorar.

Com as cenas de *flashback* alternando-se, ia das lágrimas ao riso, por também se lembrar de momentos felizes. E, assim, no seu filme, entremeava momentos de depressão a momentos de euforia. Nem percebeu a hora passar e nem se deu conta de que a mãe demorava mais que o habitual para retornar. No dia seguinte, perceberia, ao despertar, que havia dormido de roupa e tudo.

Capítulo 05

Justiça?

Capitão Santiago era um profissional exemplar. Estava na carreira de policial militar havia mais de dez anos. Pessoa idealista e íntegra, não tolerava histórias de corrupção dentro de seu meio. Por diversas vezes, deparou-se com tentativas de suborno para determinados tipos de flagrantes e repudiava essa postura com veemência. Tinha uma vida dura e nos momentos de folga fazia bicos em uma empresa de segurança.

No início daquela noite de terça-feira, ao ter certeza de que uma senhora estava sendo vítima de sequestro relâmpago, por dois rapazes bem jovens, não teve dúvidas: saiu em disparada de dentro do caixa eletrônico de onde estava e no exato momento que a amedrontada senhora dava marcha ré no carro, ele apontou sua arma para Jonatan, que estava no banco da frente, ao lado de Inês.

— É a polícia! Pare esse carro, senão eu atiro!

— Não para, tia — falou Jonatan desesperado, apontando sua falsa arma para Inês. — Ele não vai atirar na senhora.

Inês travou, não sabia o que fazer e não conseguia sair com o carro do lugar. Heitor, que estava no banco de trás, fugiu rapidamente, correndo em disparada. Capitão Santiago o deixou escapar, porém, rendeu seu amigo e libertou Inês.

— Deite no chão com as mãos na cabeça, moleque. Seu amigo vou buscar depois.

Enquanto o jovem obedecia às ordens do policial militar, um forte estrondo era ouvido a poucos metros dali. Um ônibus urbano, que trafegava dentro do limite de velocidade, acabava de atropelar Heitor em fuga frenética.

– Seu amigo não devia ter fugido – lamentou o Capitão Santiago.

Jonatan permanecia calado, e Inês, ainda um pouco assustada com tudo aquilo, disse:

– Meus Deus, o ônibus pegou o rapaz em cheio. Que Deus tenha piedade!

– Veja lá, minha senhora. Acabou de chegar uma viatura com alguns colegas meus que cuidarão disso. Estou de folga hoje.

– Ah, seu policial. Eu estava em pânico, mas não desejava isso para ele, não.

– Você pode me acompanhar à delegacia para fazer um flagrante deste aqui?

– Bem hoje que eu precisava chegar mais cedo em casa...

Enquanto Inês perdia aproximadamente duas horas na delegacia para fazer o flagrante, uma ambulância do SAMU, após prestar os primeiros socorros, removia Heitor para o Hospital das Clínicas.

Jonatan aguardava a burocracia para sua prisão em flagrante e se culpava por tudo o que ocorria. Fazia um rápido *flashback* do último diálogo que tivera com o amigo antes do sequestro relâmpago.

"Quero saber. O que você planejou?

Um sequestro relâmpago. A gente pega de preferência uma mulher ou outra pessoa de mais idade que esteja dirigindo sozinha. Tenta sacar mais ou menos isso que a gente precisa e pronto.

Você tá louco, cara! Roubar? A gente é pobre, mas nunca passou uma coisa dessas pela minha cabeça.

Mano, é uma questão de vida ou morte pelo que me disse. Eu sei que você nunca fez isso, Heitor, mas deixa comigo. Você só me dá retaguarda e eu cuido de tudo. Também não gosto muito desse negócio de apontar arma pra alguém, mas já fiz isso algumas vezes. Ninguém vai se machucar, eu prometo.

Tô com muito medo, mano. E também não sei fazer essa cara de mau que você consegue fazer. Pensa em outro plano.

Para com isso, Heitor! A gente vai conseguir mais do que aqueles seiscentos reais! A hora que estivermos com essa grana você vai esquecer.

Não sei.

Deixa de ser marica! Você lembra que o Breno mostrou para nós que tem pó melhor ainda? Se conseguirmos boa grana a gente pode comprar mais. Pensou nisso?"

E Jonatan relembrava as reações de Heitor – calado, refletindo somente.

Heitor emudeceu, refletindo somente nos efeitos de mais uma balada regada a drogas. Os dois jovens, que no início consumiam a substância eventualmente, após algum tempo passaram a usá-la toda semana, e nos últimos meses intensificaram o consumo para duas a três vezes por semana. Além disso, passaram a traficar para algumas pessoas.

"Tô fora, meu amigo! Meu pai vive insistindo pra eu mudar a escola pra noite e começar a trabalhar, e quero fazer isso. E ele me deu um prazo pra eu criar juízo.

Esquece isso, Heitor. Você acha que meus pais também não me dão sermão toda hora? Os meus irmãos trabalham e só eu ainda não por ser o mais novo. Também tô com os dias contados pra começar a trampar.

37

Não sei fazer isso, Jonatan. Nunca segurei uma arma.

Não vou matar ninguém. É uma arma falsa. Você só vai me dar cobertura."

Heitor, meio a contragosto, foi convencido por Jonatan a participar do sequestro relâmpago. O amigo também sugeriu, considerando o frio que fazia naquelas noites, que Heitor simulasse um volume sob seu agasalho para intimidar ainda mais a futura vítima, dizendo que também tinha outra arma ali, apontada para ela.

Assim que Jonatan voltou à sua realidade, após o rápido *flashback*, enquanto aguardava o fim do seu fichamento, um sarcástico policial que estava de plantão chegou para ele e disse:

– É, moleque! Que bom que teremos menos trabalho! Sabe seu comparsa? Teve uma parada cardíaca e acabou de morrer!

E, após cair em enorme gargalhada, o policial arrematou:

– Um a menos, moleque! Um a menos!

Capítulo 06

Conselhos

Passava de meia-noite quando Inês retornou ao lar. Não bastassem seus problemas com a filha, o sequestro relâmpago com final cinematográfico. E ainda para fechar o dia com "chave de ouro", a visita demorada à delegacia para fazer um flagrante. Pensava sozinha: "Eu mereço! Dai-me forças, meu Deus!"

Encontrou o apartamento com vestígios de alguém mais que estivera por lá algumas horas antes. Nem se afligiu com isso. Havia questões mais sérias para se preocupar. Olhou sua filha jogada na cama, de roupa e tudo, luz acesa e quarto ligeiramente desarrumado. Tentou chamá-la por algumas vezes, dizendo para se ajeitar melhor, trocar de roupa, mas não foi atendida. Helena continuava a dormir.

Inês, deitada em sua cama, não conseguia pegar no sono. Além de se lembrar de todos os pormenores daquele dia, analisava tantas outras coisas de sua vida. Questionava a Deus onde havia errado. Orou profundamente, pedindo ajuda dos benfeitores espirituais.

Não demorou muito para que a simpática senhora adormecesse profundamente, e após alguns minutos uma cena visível apenas aos seres espirituais começou a se desenhar: o natural desdobramento do corpo perispiritual de Inês de seu corpo físico.

Durante o descanso do nosso corpo físico é muito natural nos desdobrarmos a fim de excursionarmos para variados locais do universo. As chamadas saídas inconscientes do corpo físico são muito mais comuns do que podemos imaginar, não escolhendo crenças, sexo, idade, classe social, nível de evolução. Todos os seres encarnados que habitam este globo fazem inconscientemente suas excursões ao adormecer. E quando despertam, podem ter lembranças dessas aventuras espirituais recordadas pelos sonhos.

A simpática senhora faria uma viagem astral para um formoso local onde receberia boas vibrações e bons conselhos de nobres benfeitores espirituais desencarnados. Isso graças à sua sintonia de pensamentos, que antes de adormecer emanava por meio de preces.

Eis, então, a importância de vibrarmos positivamente e sempre conectarmos com o bem. Ao nos mantermos vigilantes, em orações, atraímos as melhores energias e somos levados a lugares bons em nossas excursões noturnas. Assim também o inverso nos sintonizará com forças obscuras, levando-nos a lugares pouco agradáveis. Somos aquilo que pensamos.

Decorridos alguns minutos após o adormecimento profundo do corpo de Inês, em seu leito, sua alma, já desdobrada, encontrava-se em companhia de um ser muito elevado, pertencente a uma morada de luz localizada nas proximidades do nosso planeta azul.

Aquele magnífico lugar superava e, muito, as paisagens esplêndidas existentes aqui na Terra. O formoso cenário era composto por um belo céu azul; ao fundo, grandes montanhas repletas de vegetação das mais variadas espécies e tonalidades, tudo rodeado por grande lago e gramado. Por ali, havia muitas edificações que abrigavam os habitantes.

— Olá, dona Inês. É uma alegria poder ajudar nossos irmãos encarnados que por meio de suas rogativas se ligam a nós.

— Estou encantada com o visual deste lugar, meu jovem. Como se chama?

Helena, mude sua história!

— Pode me chamar de Rodolfo! Você aqui está, porque sintonizou seus bons pensamentos pedindo auxílio para sua filha. Estamos à disposição para aconselhar. Ao despertar, você terá algumas lembranças do nosso encontro, que serão muito úteis.

— Já sou muito grata por estar na companhia de vocês!

— Querida irmã, você tem uma amiga muito especial que frequenta um Centro Espírita e ela deseja que você esteja lá na próxima terça-feira. Faça isso e não meça esforços para levar sua filha. Adianto que você encontrará muitas dificuldades e resistência por parte dela, mas se esforce para que ela te acompanhe.

— Minha filha não acredita em nada. É uma dura missão.

— Exatamente por esse motivo que ela deve te acompanhar. Tente de tudo que estiver ao seu alcance. Temos de mudar suas faixas vibratórias. Dessa forma, ela, aos poucos, terá maiores chances de mudar o rumo de sua história e sair desse caminho tortuoso das drogas.

Em seguida, Inês foi convidada por Rodolfo a caminhar no entorno daquele magnífico lugar. Enquanto andavam calmamente, ele falava.

— Note que esta humilde morada de luz é uma pequena amostra da grandiosa obra de Deus. Isto aqui tudo não é formidável? Aos seus olhos, que ainda não se recorda do mundo espiritual por estar encarnada, este cenário não é fascinante? Perceba, então, que a sintonia dos seus pensamentos trouxe você aqui, isso significa dizer que não há barreiras para que qualquer habitante do planeta azul tenha acesso a lugares maravilhosos e paradisíacos. Nosso grande arquiteto do universo dá a mesma oportunidade para todas as suas criaturas. E a receita para isso é a prática de bons pensamentos e boas ações, mantendo-se conectada ao Evangelho que Jesus nos ensinou.

O nobre benfeitor espiritual fez pequena pausa, mas logo prosseguiu em sua orientação à Inês.

— Ainda é tempo de você reparar sua omissão em relação à educação religiosa de sua filha e tentar aproximá-la de algo edificante. Enquanto aqui está, diferentemente, sua filha no seu desdobramento noturno excursiona por locais obscuros e trevosos. Aproxime-a de Jesus. Nunca é tarde para um recomeço.

Inês ouvia atentamente os conselhos de Rodolfo. Sabia que por rebeldia e ceticismo da filha nunca conseguira aproximá-la de uma religião. A última fala do benfeitor espiritual foi um pouco dura. No seu despertar, ela teria lembranças parciais do que estava acontecendo, porém, a palavra "omissão" não sairia de sua cabeça.

Quem de nós já não despertou com alguma ideia ou *insight* novo? Quem de nós eventualmente não acordou inspirado para algo diferente? Eis que nossos desdobramentos noturnos, relembrados por vezes em formas de sonhos, nada mais são que contatos edificantes com nobres entidades desencarnadas que nos aconselham e nos guiam.

Após o esclarecedor e iluminado diálogo, Inês foi calmamente levada de volta para seu quarto, onde seu corpo adormecia tranquilamente. No dia seguinte, ao despertar, lembrou-se de ter sonhado com um lugar de bonitas paisagens, porém não se recordou dos pormenores do sonho. Contudo, um pensamento forte veio em sua mente: se posicionar de maneira firme com a filha e deixar de ser omissa em relação aos assuntos religiosos.

Capítulo 07

Ateísmo

Passava das dez horas da manhã quando Helena acordou e se percebeu deitada sobre a colcha da cama, vestida com a roupa que usava no dia anterior. Seus sapatos estavam jogados no chão, como se durante a noite ela tivesse arrancado dos pés de qualquer jeito para continuar dormindo. Seus cabelos estavam despenteados, e, sobressaltada, a primeira ideia que teve foi pegar o celular e ver as mensagens de texto ainda não lidas. Ao vê-las e rolar rapidamente a tela do seu aparelho, notou que não havia acontecido fato novo nas últimas horas. Pensou friamente:

"O Heitor nem pra me dar notícias. Quer saber? Preciso arrumar outro contato pra me fornecer mais pó!"

Naquele exato momento, sua mãe bateu à porta de seu quarto ainda semifechada e disse:

— Vou entrar, Helena. Tenho de falar com você. Hoje é quarta-feira. Você não deveria estar na faculdade agora de manhã?

— Hoje é uma matéria que já estou quase eliminando. Fica tranquila, mãe.

— Como, fica tranquila? Não sei se você está falando a verdade. Você dormiu com a roupa do corpo em cima da colcha e nem conseguiu acordar. Certamente, fez coisa errada mais uma vez.

— Coisa errada? O que é errado para a senhora pode não ser para mim. Do meu corpo cuido eu! Se tomei uma ou duas doses de vodca, qual o problema?

— Não estou falando de vodca. Estou falando de outras drogas. Tô errada?

— Lá vem a senhora de novo com esse assunto. Que saco, mãe! Me deixa!

— Fala para mim que você só tomou vodca. Eu não tenho essa certeza. Só Vodca? Você jura?

— Nossa, dona Inês. Tá querendo que eu jure? Por quem? Pela senhora? Sim, porque não adianta eu jurar por alguém que não seja a senhora. Deus não existe mesmo! Não comece com a ladainha de querer que eu jure por Deus, por Jesus, ou por qualquer um que a senhora queira. Pra mim, isso não faz sentido.

— Então, jure por mim que você não consumiu nenhuma substância ilícita, já que não acredita em nada. Jure pela minha vida.

— Olha, mãe. Não preciso jurar pra dizer o que faço ou deixo de fazer. Da minha vida cuido eu. Me deixa em paz.

— Pois bem, Helena. Se você quiser continuar me afrontando tudo bem, mas vai ter de ganhar seu dinheiro sozinha para sustentar seus vícios. Pensa que eu não notei que andou sumindo alguns valores da minha carteira? De mim, você não terá mais nada, somente casa, comida e dinheiro para pagar a faculdade. Você está precisando é de ajuda! Não posso ser conivente com o que estou notando.

— Fica tranquila, mãe. Já estou agitando alguma coisa e a hora que der me mando daqui. Tá um saco de aguentar.

— Você é ingrata! Trata mal sua própria mãe. Merecia uma boa surra. É uma pena eu não ter um companheiro para te colocar nos eixos. Faz falta um homem aqui.

— Nossa, dona Inês! Tô morrendo de medo.

— Você não percebe que está destruindo sua vida? Cada dia será pior. Se já não está, pode se tornar uma viciada!

Helena, mude sua história!

— Imagina, mãe. Tenho cabeça boa. Não tem nada de mais eu tomar umas doses de vodca de vez em quando e até, eventualmente, dar uns "tirinhos" em momentos mais felizes.

— Dar uns "tirinhos"? Meu Deus! Tenha piedade! Olha o que ouço agora. Que desilusão. A linguagem dos usuários de cocaína saindo da boca da minha própria filha. Oh! Meu pai!

— Para de falar em Deus. Deus não existe! Fomos gerados de acordo com a teoria da evolução. Houve uma grande explosão, o Big Ben, que deu origem a tudo. Morreremos e viraremos pó. Será o nada absoluto. A senhora acha que se Deus existisse veríamos tantas desgraças, tantas guerras, tanta coisa errada no nosso mundo? Deus é uma utopia.

— Quanto absurdo! Nem vou mais discutir!

Helena continuou a expor seu raciocínio dizendo para a mãe:

— Por isso que digo, minha mãe, que o dia de ser feliz é hoje. Como amanhã estaremos mergulhados no "nada" absoluto temos de ter uma vida intensa, bem vivida, repleta de prazeres e gostos. Daqui não levamos nada, dona Inês. Acredite. Então, se tomo as minhas doses e dou meus "tirinhos" é por essa razão. O amanhã nosso será o "nada". Precisamos fazer com que o nosso hoje seja o "tudo".

Inês, estarrecida com o que acabara de ouvir, concluiu que precisava mudar sua estratégia. Naquele momento, acabava de relembrar um fragmento de frase ouvida de Rodolfo, durante o sonho que tivera, que era: "Não meça esforços". Preferiu, então, mudar o tom de voz e falar de maneira bem firme.

— Você fala em consumir isso do mesmo modo que alguém que fala que bebe socialmente. Não sei há quanto tempo está nessa, mas sei que isso custa dinheiro e uma hora irá precisar, porque vai querer mais. E aí vai tentar tirar o dinheiro de mim, se eu não te der.

— Só me divirto eventualmente. As poucas vezes que usei, o pó nem era meu.

— Está MENTINDO!! – gritou Inês.

— Dá um tempo, mãe.

— É o seguinte – continuou Inês a falar quase gritando. – Uma hora vai perder o controle e vai ficar dominada por essa droga maldita! Então, vai se desesperar e fazer qualquer coisa para arrumar dinheiro. E o meu dinheiro, mocinha? Ah, o meu dinheiro você não vai ter, não! Vou até fazer um negócio para mostrar a você que está ficando dependente dessa coisa. Quer ver? Vou te subornar! Terça-feira que vem quero que você seja minha dama de companhia em um evento que tenho à noite. Te dou cem dólares para você ir comigo. Tenho certeza de que você vai me procurar até lá. Não pela companhia, mas pelo dinheiro.

— A senhora está blefando. Nunca teve compromissos durante a semana...

— Mas desta vez tenho.

— Vamos parar com esse papo. Vou tomar um bom banho, me renovar e fazer um trabalho da faculdade. Dá licença.

Helena praticamente empurrou a mãe para fora do quarto e bateu a porta. Enquanto na parte de dentro a jovem moça estava pensativa em relação à breve discussão que acabara de ter com a mãe e à possibilidade de levantar algum dinheiro, do lado de fora Inês se dava por satisfeita por ter usado uma estratégia pouco inusitada na tentativa de levar sua filha à sua iminente ida ao Centro Espírita. Intimamente, a simpática senhora pressentia que a filha cairia em tentação para comprar mais droga e precisaria do dinheiro; para isso, faria qualquer sacrifício. Sabia, por outro lado, que nunca conseguiria levá-la àquele iluminado lugar de forma convencional.

Capítulo 08

A organização

Helena havia conhecido Beatriz logo no primeiro semestre da faculdade de jornalismo, que cursava. Essa sua colega de classe tinha os chamados "amigos da pesada", que forneciam para ela suas drogas ilícitas, sempre que desejava. Eram pedras de haxixe, generosas gramas de maconha e papelotes de cocaína.

Ao saber que sua colega de classe tinha gostos similares aos seus, aproximou-se dela, para quando quisesse ter um canal direto com os fornecedores. Dessa forma, foi apresentada a Heitor, que era um dos ajudantes de uma organização que possuía, dentre outros integrantes, um rapaz chamado Breno, um dos cabeças.

E assim a jovem Helena, nos últimos meses, achegara-se a esse conhecido de Beatriz de quem comprou os papelotes de cocaína das últimas vezes.

Na parte da tarde daquela quarta-feira, Helena, após o almoço, enquanto adiantava alguns trabalhos da faculdade, recebia insistentes mensagens de texto de Beatriz.

— Que saco! Esse celular não para de apitar! É melhor ver.

Ao ler a mensagem de texto enviada pela amiga travou por alguns segundos e depois retomou os pensamentos. Resolveu, então, ligar diretamente para ela.

— Como assim, Bia? Morreu como?

— Tô chocada! Pelo que ouvi dizer, ele e um amigo se envolveram num sequestro relâmpago e foram pegos por um policial. Heitor tentou fugir e foi atropelado por um ônibus.

— Nossa! E agora?

— Agora? O enterro será no fim da tarde de hoje.

— Não é disso que estou falando. Eu tô pouco me lixando pra esse cara que eu vi umas duas ou três vezes. Quero saber quem vai ser nosso "canal" daqui pra frente...

— Deixa de ser insensível, Helena. Heitor era de uma família de bem e não merecia ter morrido.

— Tá bom! Para de sermão. Basta minha mãe. Se você for lá, meus sentimentos pra todos...

— Nem sei se vou. Não tinha tanta intimidade com ele. Só fiquei sabendo da notícia porque tem um cara da comunidade, que também já me forneceu pó, que me avisou. Então, te mandei a mensagem.

— Que osso! O cara tava desesperado pra arrumar dinheiro.

— Lamentável!

*　*　*

A comunidade de onde Beatriz havia comprado das últimas vezes os papelotes de cocaína era dominado por um sujeito conhecido por "Bola". Abaixo dele, dois rapazes dividiam os clientes: Breno e Ilton. Estes, por sua vez, angariavam meninos pré-adolescentes e adolescentes para fazer o serviço que eles denominavam "distribuição e prospecção".

Do mesmo modo que ocorrera com Heitor, um jovem de apenas dezoito anos que, inicialmente, por necessidade de consumo próprio, acabou conhecendo tal comunidade, isso também acontecia com outros jovens que ali chegavam. A necessidade por mais e mais droga e a perspectiva de comissões por novos adeptos, que eles encontrassem pelo caminho, era um critério para que Breno convencesse os jovens a aderir ao esquema: trabalhariam para ele fazendo mais viciados, angariando assim novos clientes.

A comunidade de "Bola" ia muito bem. Semanalmente, Breno e Ilton prestavam contas para o chefe e naquele meio de semana não tinha sido diferente.

— Tudo certo contigo, Ilton! Fechado. E você, Breno?

— Tá aqui chefe: quatro mil e quatrocentos reais.

— Tá faltando grana. Pela quantidade que você repassou pro seu pessoal tem um furo de seiscentos reais.

— Eu sei, chefe. Era a parte do Heitor! Você sabe que o cara morreu, né? A gente ia acertar com ele ontem à noite e veio a notícia. Se fosse preciso a gente apagava ele. Tava no vacilo. Agora, pelo menos, um trabalho a menos.

— Você só arruma bundão, Breno! Vou descontar essa grana da sua comissão. Quero nem saber.

— Tudo bem, chefe. Prometo que isso não vai mais acontecer.

— Acho bom.

Assim que Bola deixou o casebre onde Breno vivia, ele desabafou com Ilton.

— Mancada, né? Confiei naquele moleque maldito e me dei mal. E o prejuízo estourou pra mim.

— Pega os contatos do Heitor e vai pra cima. Você não tem nenhuma anotação dele?

— Nada. Nem celular, nem objetos pessoais, nem o diabo a quatro. Ficou tudo com a família!

— E o cara que tava com ele?

— Um usuário chinfrim que tá preso.

– Então, você vai ter de morrer com o preju, amigo!

– Pois é!

Não demorou muito para que o celular de Breno tocasse. Ele prontamente viu a identificação da chamada e atendeu.

– Foi bom você ligar, Bia. Tive de assumir um preju por causa do Heitor, e você precisa me passar os contatos dele. Tenho de correr atrás de novos clientes.

– Pô, mano! Você acabou de me dar a notícia agora pouco, tô te ligando pra saber mais detalhes do ocorrido e você já tá pensando em negócios?

– A vida segue, gata! Duvido que tu ligou pra detalhes. Que detalhes? Falei que o cara morreu e onde ele vai ser enterrado. O que mais você quer saber, Bia?

– Tá bom! Não vou mentir. Negócio é o seguinte: vamos precisar de mais pó até o fim da semana. E agora você é nosso canal.

– Aaaahh! – suspirou Breno e depois deu uma longa gargalhada. – Posso te encontrar no sábado de manhã no local em que Heitor te encontrava. Mas vê se leva gente nova lá. Tu não conhece o pessoal que comprava dele?

– De cabeça, assim, só lembro de uma amiga. Ela vai comigo. Pode deixar.

– Vê lá. Se levar mais alguém te arrumo de graça.

Beatriz desligou o telefone e disse de maneira eufórica para que Helena não se preocupasse, pois, na ausência de Heitor, arrumaria para ela um canal direto. Contou detalhes do futuro encontro dizendo hora e local. O único problema é que as duas teriam de arrumar algum dinheiro até lá.

Capítulo 09

Aprendizes

Maristela despertava muito feliz em uma quinta-feira fria, porém totalmente ensolarada, com um lindo céu azul. Por ser uma senhora em torno dos seus sessenta anos, aposentada, com filhas já casadas, utilizava a maior parte do seu tempo em atividades no Centro Espírita Obreiros da Nova Era, participando de ações voluntárias, assistindo a palestras ou frequentando cursos. Naquele dia haveria um seminário intitulado "De Moisés a Kardec – as três grandes revelações da humanidade" e ela, apesar de antiga frequentadora daquela Casa e possuidora de alguns conhecimentos básicos, achava muito oportuno assisti-lo. Pelo telefone conversava com a amiga Inês sobre o assunto.

— Por que não vai comigo, amiga? Independentemente da palestra da próxima terça-feira, bem que você poderia ir. Posso fazer sua inscrição. Será muito bom. Tenho certeza.

— Tenho receio de ficar me ausentando de casa, Maristela. Você sabe o que venho passando ultimamente... Não sei se seria um bom momento para ir lá.

— Eu acho que não poderia haver melhor momento. Pense nisso, Inês. Faça uma força. Eu mesma, que leio bastante e frequento a Casa habitualmente, acho que será muito oportuno, apesar de parecer tratar-se de algo que aparentemente eu conheça. O seminário falará acerca das três revelações as quais já tive oportunidade de ler. Mesmo assim, tenho certeza de que sempre aprenderei algum detalhe a mais. E para você, então, será maravilhoso. Você possui mente aberta para essas coisas.

— Está bem. Eu irei. Faça minha inscrição.

Naquela mesma noite, Maristela chegou com Inês no Obreiros da Nova Era e foi muito bem recebida por todos que ali trabalhavam. Ao chegar em frente à sala onde seria o seminário, Inês aproximou-se de uma bonita jovem, que estava na porta com a lista de inscritos para que esses a assinassem. Foi com enorme sorriso que ela disse:

— Boa noite, dona Maristela. Eu já tinha visto seu nome na lista logo que cheguei e fiquei muito feliz. Assine aqui.

— Oi, Jaqueline, minha querida! Como vai? Esta aqui é minha amiga Inês, que também participará do seminário!

— Boa noite, dona Inês. Seja bem-vinda!

— Muito obrigada, meu anjo!

— Nós que agradecemos. Podem acomodar-se lá dentro onde desejarem que, em breve, o Sr. Octávio chegará para o evento. Eu também irei participar.

— Vamos entrar, amiga – disse Maristela. – Veja que bacana, os trabalhadores da Casa também participam dos seminários!

— Formidável, Maristela. Estou amando. Dá licença, Jaqueline!

— Fiquem à vontade!

Pontualmente, às vinte horas Octávio entrou na sala com semblante de muita alegria e saudou todos os presentes.

— Boa noite a todos, que a Paz do Mestre Jesus nos envolva nesta noite e em todos os momentos de nossas vidas.

Após ligeira pausa, Octávio deu prosseguimento à palestra.

— Fico feliz pela presença de todos, a fim de estudarmos a Doutrina Espírita. Peço-lhes que fiquem à vontade para perguntas e comentários.

Helena, mude sua história!

— O assunto que discutiremos hoje será: "De Moisés a Kardec – as três grandes revelações da humanidade", quando tentaremos abordar a importância das revelações que de tempos em tempos Deus, o Pai da vida, nos proporciona para nosso crescimento espiritual.

Nesse momento, a plateia manteve-se atenta e ansiosa pelo que seria ministrado naquela noite.

— Caríssimos irmãos, começou Octávio, ao longo da história da humanidade na Terra, o Alto tem nos ofertado revelações em tempos e lugares diferentes, sempre com o intuito de acelerar nosso crescimento espiritual. Porém, as três grandes revelações que viriam a mudar os rumos do pensamento e das atitudes de homens e mulheres aconteceram com Moisés, Jesus e Allan Kardec.

— Aproximadamente 1.250 anos antes do Cristo, o povo hebreu vivia escravo nas terras do Egito e estava crescendo muito, por essa razão o Faraó ordenou às parteiras do povo hebreu que os filhos homens que nascessem a partir dali fossem executados.

A plateia, atenta às primeiras palavras do locutor, fixava de maneira muito interessada o olhar nele, que continuava a falar.

— Então, Joquebede, a mãe de Moisés, que acabara de dar à luz, resolveu escondê-lo e assim o fez por três meses. Contudo, como o cerco estava se fechando e ele acabaria sendo encontrado, ela resolveu colocá-lo em uma cesta de vime e soltá-lo no rio, ocasião em que ele foi salvo pela filha do Faraó, a Princesa, que o adotou feito filho e lhe deu o nome de Moisés, que em egípcio significa filho e em hebraico, retirado ou nascido das águas.

— Moisés foi, por sua vez, educado na corte do Faraó, aprendeu costumes e a religião. Apesar dessa formação, nutria grande apreço pelos hebreus, então, escravos no reino egípcio, a ponto de, em certo dia, ao ver um egípcio espancando um hebreu tomar partido e acabar matando o agressor. Com isso, teve de fugir para o deserto, onde, por sua vez, ouviu a "voz de Deus" a orientá-lo a libertar seu povo do cativeiro.

Nesse momento, um senhor que estava nas últimas fileiras do auditório levantou a mão e perguntou:

– Senhor Octávio, quer dizer que podemos ouvir Deus falar conosco?

Prontamente, Octávio respondeu:

– Sim e não, caro amigo. Deus nos fala sim, mas por meio de seus mensageiros espirituais, como tem feito em toda história da humanidade. Ele nos fala por meio de espíritos evoluídos que nos intuem, mostram caminhos, onde erramos e onde acertamos e, principalmente, por meio de nossa consciência.

E, em seguida, ele concluiu o raciocínio:

– Quando em nossas orações falamos com Deus, recebemos com certeza a Sua bondade, o Seu amor, o Seu carinho por meio de irmãos que auxiliam o Pai na Sua Obra.

– E assim ele o fez com Moisés ao orientá-lo a libertar seu povo do cativeiro e conduzi-lo durante 40 anos pelo deserto até Canaã, a Terra Prometida, hoje o Estado de Israel.

– Durante todo este tempo, Moisés escreveu o Pentateuco ou a Torá, como conhecem os judeus, composto pelos cinco primeiros livros da Bíblia que são: Gênesis, que trata da criação do mundo; Êxodo, que conta a história da saída do povo hebreu do Egito; Levítico, contendo as normas e legislações para o povo hebreu; Números, onde se encontra o recenseamento deste mesmo povo e sua rota pelo deserto, e, finalmente, o Deuteronômio, com os discursos de Moisés.

Octávio emendou:

— E não podemos nos esquecer do Decálogo, ou os 10 mandamentos recebidos por Moisés no Monte Sinai, que no dizer de Emmanuel, mentor espiritual de Chico Xavier, teria sido o "primeiro livro recebido pela humanidade e que procedeu do mundo espiritual."

— Moisés foi um severo legislador e não poderia ser diferente, pois lidava com um povo duro, ignorante, supersticioso e politeísta, que, seguindo as tradições egípcias, acreditava em muitos deuses. Mas, é de Moisés a grande missão de ensinar o monoteísmo, ou seja, a crença em um único Deus, ao povo hebreu. Por sua vez, o Deus apresentado por Moisés era um Deus punitivo, vingativo, guerreiro e parcial, um Deus antropomórfico, com características humanas, com defeitos e gostos próprios dos seres humanos.

— Essa foi, caríssimos irmãos, a primeira grande revelação da humanidade: Moisés, o grande condutor do povo hebreu.

— Mas, cerca de 1.250 anos após Moisés, tivemos a segunda grande revelação da humanidade na figura amorável do Mestre Jesus.

— Ele nasceu no seio do povo Hebreu, um povo aparentemente muito religioso, que interpretava as Leis Mosaicas com extremo rigor, no entanto, era um povo muito orgulhoso, endurecido. Por essa razão, Jesus inúmeras vezes os chamava hipócritas, referindo-se aos sacerdotes do Templo, que usavam as Leis e todo seu conhecimento não para conduzir e levar esperança ao povo, mas para lhes impor medo e subserviência.

— Mas Jesus, do alto de sua grandiosidade espiritual, esclarecia que não estava aqui na Terra para destruir a Lei de Moisés, mas sim para lhe dar cumprimento, mostrando novos caminhos, falando ao povo de um Deus Pai misericordioso, enaltecendo o amor ao próximo, a reforma íntima e o amor, como a maior fonte de energia do mundo.

– Senhor Octávio – manifestou-se uma senhora na primeira fileira. – Se Jesus veio trazer palavras de consolo e esperança, por que, então, o mataram?

– Excelente pergunta, minha amiga.

Octávio tomou um pouco de água e continuou sua explicação.

– Jesus foi crucificado e morto, porque os Hebreus acreditavam na vinda de um Messias, um Salvador que os lideraria em uma guerra contra os romanos, a fim de libertá-los do jugo de Roma. Mas, o que se viu foi exatamente o contrário, foi um Messias humilde, nascido em uma família comum, que convivia com os simples, amando, dando a outra face, perdoando e mostrando caminhos novos para o povo.

Ele continuou a explicar:

– Um Messias, que a todo instante advertia os poderosos contra suas atitudes; um homem simples, que falava de perdoar os inimigos, amar ao próximo e que todos eram iguais perante Deus.

– Isso acabou por abalar as estruturas arcaicas e dominantes daqueles homens poderosos, mexer com o orgulho e o egoísmo deles, e por esse motivo tramaram contra ele. Mas, tudo o que Jesus ensinou e vivenciou por meio de seus exemplos ficou até hoje e ficará para sempre, daí ser o Mestre nazareno a segunda grande revelação da humanidade.

– Finalmente, a terceira revelação aconteceu em 1857, muito tempo depois do retorno de Jesus à espiritualidade, na figura de Hippolyte Léon Denizard Rivail, ou seja, o Mestre Lionês Allan Kardec.

— Nascido em Lyon, na França, em 3 de outubro de 1804, ouviu falar, em 1854, pela primeira vez, em mesas girantes que respondiam a perguntas e atraíam o interesse do povo, com fins de entretenimento.

— Rivail, então, disse: "Só acreditarei quando vir e quando me provarem que uma mesa tem cérebro para pensar e nervos para sentir."

— Ele, então, instigado por conhecer aquele fenômeno, compareceu a uma dessas reuniões verificando que as mesas não possuíam nem cérebro nem nervos, mas que por meio de um sistema de pancadas, uma inteligência que não se encontrava nas mesas, claro, respondia às perguntas que lhe eram feitas.

— A partir daquela constatação, Rivail passou a frequentar as reuniões na casa de amigos, levando questões preparadas para serem apresentadas aos espíritos, cuja manifestação se dava por meio de médiuns, começando aí formar um conjunto com proporções de uma Doutrina.

— Em uma dessas reuniões, seu espírito protetor o comunicou que já o conhecia de uma existência precedente, nas Gálias, ao tempo dos Druidas, quando, então, se chamava Allan Kardec, nome este que ele adotou por pseudônimo em suas obras espíritas.

— Em 18 de abril de 1857, após quatro anos de investigações e estudo, Kardec lançou *O Livro dos Espíritos*, contendo 501 perguntas, que seriam ampliadas para 1.019 perguntas em sua segunda edição, no ano de 1860. E graças ao trabalho grandioso de Kardec, a humanidade tomou conhecimento de que além do mundo corporal existe um mundo espiritual, e que os espíritos preservam sua individualidade antes, durante e depois de cada reencarnação.

— Estas são, caríssimos amigos, as três grandes revelações da humanidade: Moisés, Jesus e Kardec.

— Então, pergunto a vocês, qual seria o ponto em comum das três revelações?

Nesse momento, fez-se silêncio absoluto na plateia, ansiosa pela resposta, quando o orador respondeu:

– JESUS!

E, após ligeira pausa, o orador continuou:

– Jesus é o ponto em comum nas três revelações, porque ele não esteve presente apenas quando aqui reencarnou em nosso meio, mas sim em todas as ocasiões em que a humanidade recebia do Alto revelações que nos auxiliariam em nossa caminhada evolutiva.

– Jesus, vindo das esferas crísticas, cocriador na obra do Pai, vestiu-se de carne e, no meio de nós, trouxe ensinamentos eternos de paz, esperança e amor em sua mais pura essência.

– Jesus amigo, mestre e pastor, nos conduz por estradas seguras se ouvirmos a sua voz amorável como bálsamo para nossas feridas, bússola para nossos caminhos e socorro para nossas quedas.

– Moisés, Jesus e Kardec são espíritos missionários, auxiliares do Pai em todo o Universo. Ouçamos suas vozes e coloquemos em prática tudo o que aqui eles nos deixaram como roteiro para nosso crescimento ético, moral e espiritual.

Terminada sua fala, Octávio colocou um filme que detalhava ainda mais o referido tema que explorava a vida de Moisés, Jesus e de Allan Kardec. Após a exibição, pediu a todos que ficassem em silêncio absoluto e vibrassem para que nosso planeta entrasse em sintonia de paz e amor. Encerrou com uma prece e, por fim, disse sorridente:

– Obrigado e muita paz a todos.

Capítulo 10

O rapaz invisível

Heitor despertou em um local que, para ele, parecia familiar. Sua primeira lembrança foi a comunidade de Breno. Imaginava estar ali. Sentia-se um pouco confuso e não tinha em sua memória os últimos acontecimentos, após ter deixado o apartamento de Helena. Despertou sem se lembrar das últimas cenas.

Não entendeu, de início, por qual motivo havia acordado em um chão de terra batida, em local muito similar à comunidade que ele frequentava. Não demorou muito para surgir à sua frente um rapaz, muito parecido com ele, aparentando a mesma idade, bem magro, com roupas sujas, cabelos despenteados e olhar perdido, feito alguém que acabara de se drogar. Animado, Heitor iniciou um diálogo.

— Por favor, me ajude! Como faço para chegar ao centro da cidade? Não sei como vim parar aqui.

— Centro da cidade? Tu tá de brincadeira, né?

— Chegando lá eu me viro. De lá sei chegar em casa.

— Acho que você não tá entendendo, mano. As coisas aqui funcionam diferente.

— Você que não tá falando coisa com coisa, amigo. Preciso achar o caminho de casa. Este lugar aqui deve ser vizinho da comunidade do Breno e ele vai querer me matar. Preciso arrumar grana.

O rapaz franzino começou a gargalhar de forma desconcertada e até mesmo Heitor, sem entender nada, esboçou alguns sorrisos ao vê-lo cair naquela interminável risada.

– Qual o motivo da graça?

– Cara, você é novato! Só pode ser isso.

– Novato?

– Sim. Recém-chegado. Só pode ser isso. Ainda não "caiu sua ficha" como diriam os "encarnadinhos".

– Encarnadinhos?

– É. Minha galera chama assim o pessoal que tá do outro lado.

– Não tô entendendo. Você não fala coisa com coisa.

– Deixa pra lá! Tô sem paciência de ficar te explicando. Tenho de ir agora. Fui!

– Pera aí, meu! Me ajuda!

– Ah! Mano. Faz o seguinte. Às vezes, você consegue se transportar pela telepatia. Pensa com vontade no lugar que você quer ir e, de repente, dá certo. Tô indo, então. Tchau!

O rapaz franzino sumiu de lá em fração de segundos, tal qual num passe de mágica. Heitor não teve dúvidas: estava sonhando. Começou a pensar no que acabara de ouvir e na cena que acabara de ver. Tudo aquilo só poderia ser ingrediente de um sonho. Mas, o que o intrigava é que as cenas eram muito reais. Em seguida, ele tentou concatenar bem mais suas ideias e tentar descobrir como havia despertado ali.

As últimas lembranças que tinha referiam-se à saída desesperada do apartamento de Helena para tentar arrumar dinheiro. Assim, ele pensava sozinho:

"Eu saí de lá! Mas e depois? Pra eu estar sonhando agora, de algum jeito eu dormi, mas como? Pera aí! Tô lembrando. Encontrei o Jô e conversamos. Mas o quê? O quê?"

Pouco a pouco, Heitor recordava da conversa e do posterior sequestro relâmpago. Ficou desnorteado ao se lembrar que tinha concordado em executar a tal ação.

"Eu não queria ter feito aquilo. Eu não queria! Mas e depois? E depois? Eu tava saindo com a coroa do segundo caixa eletrônico quando um cara engravatado rendeu a gente já dentro do carro da madame."

Heitor recordava que tinha se desesperado no momento da rendição feita pelo policial e saíra em disparada. Lembrou que também tivera a consciência de ver um ônibus vindo em sua direção, mas depois disso mais nada registrara. Nem de ter sentido dor pelo impacto.

"Tá tudo muito estranho. Acho que o sonho começou no apartamento da Helena. Só pode ser isso! Eu não saí de lá coisa nenhuma. Devo ter dormido na sala e sonhado todas essas coisas. E continuo sonhando."

O jovem rapaz, imaginando estar sonhando, tentava acordar. Para isso, fixava fortemente seus pensamentos no apartamento de Helena e pensava: "Quero acordar! Quero acordar! Eu sei que estou no apartamento da Helena e tudo isso aqui é um sonho! Vou acordar! Estou no apartamento da Helena. Um, dois três."

Em questão de segundos, o jovem Heitor, como num piscar de olhos, abriu os olhos e se viu deitado na cama de Helena, que, naquele momento, estava na suíte de porta semiaberta. Então, ele soltou uma forte gargalhada e falou:

– Que sonho maluco! Helena? Você tá aí? Como você me deixa dormir na sua cama? Tenho de arrumar a grana pro Breno. Não posso perder tempo. Helena?? Você tá aí no banheiro e não responde?

Ao estranhar o silêncio de sua conhecida, ele se levantou da cama, ficou em frente à suíte de onde Helena penteava seus cabelos e continuou a conversar.

— Eu aqui falando e você nem dá atenção, gata? Tô falando com você. Tá brava comigo? Não quer mais conversa? Tá bom! Você deve estar zangada porque acabei dormindo aqui e sua mãe chegou. O quarto tá trancado e talvez ela nem tenha se ligado que ainda tô aqui. Já é dia! Olha. Tô com a roupa do corpo. Me dá cobertura que saio de fininho.

Helena não respondia, e Heitor imaginava que ela estivesse enfurecida com ele. Então, insistia:

— Pô, gata! Desculpa se fiz alguma coisa de errado!

Naquele instante, Helena saiu bruscamente de frente da pia onde se penteava e quase atropelou Heitor. Rapidamente, ela pegou o celular para ver suas mensagens recebidas. Jogou-se na cama e começou a rolar a tela. Sua mãe bateu na porta querendo dizer algo.

— Oi, mãe!

— Preciso falar com você, filha!

Enquanto Helena se levantava para abrir a porta, Heitor se escondia debaixo da cama, imaginando ser avistado pela mãe da jovem. Ouviu, então, o rápido diálogo das duas.

— Vou ao mercado, pois não tem nada para o jantar. Você vai sair hoje, minha filha?

— Por incrível que pareça, não, apesar de ser sexta-feira. Quem sabe amanhã.

— Está bem. Até mais. Não demoro.

Inês saiu do quarto, e Heitor logo saiu do improvisado esconderijo falando mais alto, de forma insistente com Helena:

– Chega de brincadeira, Lena! Já perdeu a graça!

Ele continuou a ser ignorado. Após a saída da mãe, Helena foi ligeiramente até a sala apanhar uma dose de vodca que ficava em uma cristaleira da sala de estar. De repente, assim que ela, com o copo de bebida na mão, deu os primeiros goles, Heitor percebeu que lia os seguintes pensamentos da jovem moça: "Ainda bem que amanhã cedo a Bia vai me levar pra conhecer o Breno pra conseguir mais pó! Tô na seca! Tô até com essa dor de cabeça repentina!"

Heitor desesperou-se e tentou falar com Helena.

– Lena, não se mete com esse cara. É fria, Lena! Não se mete! Deixa eu acertar a dívida com ele, eu faço essa ponte.

Helena não respondia, mas continuava a pensar: "Agora que não tenho mais o Heitor, tomara que tudo dê certo com esse tal de Breno!"

– Como assim? Vai me desprezar? Não tá me vendo aqui, gata? Posso te ajudar!

Helena voltou em direção ao seu quarto com o copo na mão, e Heitor, perplexo e não entendendo bem o que acontecia, foi caminhando atrás dela! Rapidamente, ela entrou no cômodo e trancou a porta de forma que o rapaz ficou do lado de fora. Desesperado, ao tentar bater na porta, percebeu que sua mão a atravessou. Assustado, resolveu dar um passo para a frente e se viu dentro do quarto da jovem moça. Acabava de constatar que tinha passado através da porta. Totalmente desnorteado e perplexo, começou a concatenar um ou outro pensamento e, então, lhe veio à mente a recente conversa com o rapaz franzino, assim que despertara.

– Foi isso! Aquele cara me chamou de "novato". Falou um monte de coisa estranha e alguma coisa de telepatia. Não pode ser... Então...

De repente, surgiu na frente dele o rapaz franzino, como num passe de mágica, que logo o enquadrou:

– Pô, meu! Você fica me atraindo pra cá! Dá um tempo.

– Mano! Preciso confirmar. Eu morri? Foi isso?

– É novato. O que você acha? Tá vendo que não consegue falar com os "encarnadinhos"? Se transportou pra cá e não percebeu isso ainda? Faça-me o favor!

– Não me conformo com isso. Tenho muitas vontades. Me sinto como eles!

– Então, gruda neles quando tiver vontade de beber, de fumar ou de se drogar. Assim você consegue sentir as mesmas coisas que eles. Por sinal, bonita tua gata!

– É só uma amiga! Eu a conheci há pouco tempo e nunca rolou nada.

– Agora é que não vai rolar mesmo – disse o rapaz franzino caindo na gargalhada.

– Para de rir da desgraça alheia. Não tá vendo que tô aqui meio sem saber o que fazer?

– Tá bom, novato! Vamos fazer o seguinte: vamos lá pra junto da minha galera. Vou te apresentar meus amigos. Aí a gente vai te ensinar a se divertir.

O rapaz franzino encostou sua mão direita no ombro de Heitor e pediu para que ele fechasse os olhos e contasse até três. No fim da contagem, os dois sumiram do apartamento de Helena que, dentro de seu quarto, ao acabar de beber o último gole de vodca daquele copo, pensou: "Pelo menos com essa dose minha dor de cabeça passou. Ainda bem!"

Capítulo 11

Vampirismo

No sábado de manhã, Helena foi apanhada pela amiga Bia na frente do prédio em que morava e as duas seguiram para a comunidade de Breno. Enquanto a condutora do veículo apresentava completo ar de despreocupação, sua amiga se mostrava insegura e receosa. No caminho, assim dialogavam:

— Fica tranquila, amiga! Vai dar tudo certo.

— Eu sei, Bia. Mas como a gente vai entrar com seu carrão dentro de uma comunidade?

— Não vai ser preciso. Combinei com Breno de nos encontrarmos nas imediações. Tô rastreando a localização dele pelo meu celular.

— Mas e a grana? Você pode me emprestar?

— Meus pais devem estar desconfiando também e pra não pedir mais consegui vender um anel que eu pouco usava. Eu te repasso uns dois papelotes até você arrumar sua grana.

— Obrigada, amiga! Nem sei como agradecer. Até no máximo quarta-feira te devolvo os papelotes e aí comprarei mais pra mim. Devo conseguir dinheiro.

Chegaram perto do local combinado e Bia logo abaixou o vidro e fez sinal para um rapaz que ela acabava de avistar na rua. Encostou o carro e ele, com jeito de poderoso, abriu a porta de trás do carro e entrou. Ao notar que somente estavam em duas garotas na parte da frente do carro, assim comentou:

— E aí, meninas? Pô, Bia. Eu pensando que você tava com o carro cheio... Até vim preparado... E você só tá com uma amiga? Prazer, gata! Eu sou Breno.

— Oi, Breno. Prazer, Helena!

— Vocês tão só em duas, porém pelo menos são lindas.

— Deixa de ser puxa-saco, Breno! Vamos logo ao que interessa – disse Beatriz. – Cadê o pó?

— Calma aí, minha cara! Eu que dou as cartas! Quero saber quanto vocês têm de grana. Grana viva, entendeu? E agora!

— Sessenta reais é tudo o que temos.

— Fala sério, Bia! Você marca um negócio comigo pra te passar essa mixaria? Dá próxima vez, ou fazemos um negócio gordo ou você arruma outro fornecedor.

— Então, Breno! – interveio Helena – era pra eu ter trazido uma boa grana pra comprarmos uma quantidade razoável, porém só conseguirei fazer isso na quarta-feira. Desculpa a minha amiga! A culpa foi minha! Prometo voltar em alguns dias pra fazermos novos negócios.

— Ora, ora, Bia! Gostei da atitude da sua amiga. Mostrou sinceridade e coragem. Foi sincera porque acabou de falar e corajosa por vir até aqui sem grana – disse Breno, soltando uma boa risada.

— E então? Vamos fazer negócio com o que tenho hoje? – perguntou Bia de forma ríspida.

— Tá bom, gata! Passa a grana.

Rapidamente, as duas moças trocaram os sessenta reais por papelotes de cocaína. Helena fez questão de cadastrar o novo fornecedor no seu aparelho celular e, com um sorriso, despediu-se. Radiantes de felicidade, as duas saíram do bairro.

— Vamos para minha casa – disse Beatriz! Hoje de manhã não tem ninguém por lá!

* * *

Heitor estava ao lado do rapaz franzino perto do mesmo local que despertara. Apesar de não estar mais encarnado, possuía no seu corpo perispiritual todas as sensações de antes. E, naquele momento, seu grande desejo era consumir cocaína. Assim, revelou sua aflição ao seu conhecido.

– Estou precisando dar um "tiro". Não sei se você me entende, amigo.

– Tô ligado, Heitor!

– Como sabe meu nome? Ah, sim! Lógico. Você captou meus pensamentos. Esqueci desse detalhe.

– Com o tempo você aprende... E se quiser me chamar de Tico, fica à vontade. Tem quem me chama de magrelo, de vareta e por aí vai.

– Tá bom! Mas como faço pra conseguir o pó por aqui?

– Isso é impossível. A gente só consegue ter a sensação se grudar num "encarnadinho", quando ele consome a droga.

– E como fazemos isso?

– É fácil! Tem uma galera que vai chegar daqui a pouco, que fica rondando a terra à procura dos consumidores.

– Galera?

– Alguns amigos meus. Se você quiser se juntar a nós você pode.

Heitor mal acabara de mostrar sua fisionomia de contentamento quando surgiram à sua frente quatro amigos de Tico, que inicialmente o deixaram assustado... Suas vestimentas escuras, seus olhares perdidos e suas aparências, que remetiam mais a um animal selvagem do que a um humano, o impressionaram bastante.

— É esse o moleque que você falou, Tico? – perguntou um deles.

— Isso, Juca. Agora ele tá aqui! Deixou de ser encarnadinho. Lembra dele?

— Opa, se eu lembro – olhou de maneira firme para Heitor e falou: – Você foi nosso veículo por muitas vezes. Tua garota também. E, neste exato momento, ela e uma amiga vão começar uma pequena sessão de divertimento. Vamos lá?

Heitor não teve dúvidas. Balançou a cabeça em sinal afirmativo e, imediatamente, foi transportado para o interior do apartamento de Beatriz, que estava dentro do seu quarto com Helena. Lá havia várias carreiras de cocaína, cuidadosamente preparadas por elas, em cima de uma mesa. As duas assim conversavam:

— Pela aparência esse pó do Breno é ainda melhor.

— Parece, Bia. Vai saber se antes a gente comprava algum misturado.

— Vamos nos certificar. Começa você. Primeiro as visitas.

Helena abriu um sorriso, apanhou uma caneta esferográfica sem a carga e, naquele momento, as seis entidades invisíveis que ali estavam cercaram o seu entorno feito abelhas chegando a uma colmeia. O líder Juca falava para todos:

— Vamos! Vamos! Olha a menina inalando! Se liguem! Se liguem! Sintam a sensação dela! Fixem o pensamento na mente dela. Veja como é bom! Vamos! Vamos! Inala mais, Helena. Inala mais.

As entidades espirituais sentiam as mesmas sensações experimentadas por Helena! O torpor físico da jovem estava sendo magneticamente passado para o corpo perispiritual dos seres desencarnados ali presentes. E quando foi a vez da amiga Beatriz, o processo se repetiu. Enquanto as duas se revezavam para consumir as carreiras de droga, os seres invisíveis aos olhos das duas permaneciam em processo de vampirização, tanto com palavras de incentivo aos ouvidos delas quanto com palavras de incentivo entre eles mesmos, para que todos absorvessem ao máximo as sensações sentidas por elas.

Passados alguns minutos, as meninas, saciadas e felizes, arrumaram o quarto, procurando deixar todo o ambiente livre de pistas. Helena agradeceu a amiga e se despediu. Heitor, também saciado, observou silenciosamente as meninas, sendo puxado por Tico e Juca para saírem dali. Em um estalar de dedos, eles desapareceram daquele ambiente.

Capítulo 12

O significado de Deus

Chegou a tão aguardada terça-feira. Inês estava radiante de felicidade, pois mesmo de um jeito não convencional conseguira fazer com que Helena se aprontasse para sair de casa em torno das dezoito horas, para chegar ao tal encontro em uma hora. Ela não sabia ainda do que se tratava. O assunto dinheiro não havia surgido após a conversa que tiveram dias antes. A simpática senhora estaria disposta a "pagar para ver" literalmente. Intimamente, ela sabia que a filha a acompanharia e depois cobraria, mas não se importava com isso.

Seguiram, então, de carro rumo ao Centro Espírita sem que a jovem soubesse ainda o destino. Durante o trajeto, movida pela curiosidade, ela ainda tentou descobrir:

— A senhora não me falou ainda, mãe. Quero saber onde é esse tal "encontro". Por que deseja que eu te acompanhe?

— Saberá chegando lá.

— Tô curiosa, mãe. Que lugar é esse?

— Vai saber já, já.

— Nossa, que saco! A senhora é osso!

Inês parou o carro um pouco antes da entrada do Centro e pediu para que a filha a acompanhasse. Disse ainda que a filha estava lá por um trato e que era preciso que primeiro cumprisse a sua parte. Assim que caminharam mais um pouco, Helena percebeu que se tratava de um Centro Espírita. Calou-se completamente. Somente questionou-se intimamente:

— Por que isso?

Helena, mude sua história!

A jovem moça procurou, então, fazer sua parte, ficar em silêncio e manter a fisionomia normal, para não transparecer contrariedade para os que ali estavam. Entrou tranquilamente no auditório. Ao lado da mãe aguardou que o palestrante adentrasse o recinto.

Octávio surgiu no ambiente com a alegria de sempre. Após os cumprimentos e das saudações, os presentes oraram e fizeram as vibrações iniciais dos trabalhos. O iluminado senhor começou, por sua vez, a abordar o tema.

— Boa noite, caríssimos irmãos, que a paz do Mestre Jesus envolva a todos. É sempre maravilhoso nos reunir aqui, nesta Casa de amor, para falarmos e aprendermos aquilo que nossos benfeitores espirituais nos trazem por meio da inspiração.

— Hoje vamos falar de nosso Pai Maior, o Criador de tudo e de todos nós. Vamos falar de Deus. Estamos sempre em busca D'Ele, em busca de como e onde encontrá-Lo, mesmo que inconscientemente, afinal, somos seus filhos, suas criaturas.

Octávio fez ligeira pausa e prosseguiu a sua explanação:

— A palavra "Deus" deriva do indo-europeu *Deiwos*, que significa resplandecente, luminoso. Desde que o homem encontra-se na Terra, ele procura uma forma de encontrar e entender Deus.

— A princípio, os primeiros homens adoravam um Deus nas manifestações grandiosas da Natureza. Assim, adoravam o sol, a lua, as estrelas, os raios, as tempestades, os cataclismos e as forças da natureza, que não podiam explicar e que os assustavam.

— O tempo foi passando, e o homem desenvolveu novas formas de adoração. Desenvolveu a litolatria, adorando pedras e rochas, depois veio a fitolatria, ou seja, a adoração das plantas e frondosas árvores. Em seguida, o ser humano passou para a zoolatria, quando figuras de animais, principalmente no Egito antigo, vieram a ser adoradas em cultos e reuniões na forma de deuses antigos.

— Mais à frente, vamos encontrar a Mitologia com suas histórias lendárias e figuras mitológicas, dando origem ao politeísmo, época em que se cultuavam inúmeros deuses, muitos deles apresentados feito figuras guerreiras, meio animais e meio homens.

— Assim, o homem vem, ao longo do tempo, adorando um Deus conforme sua concepção de um Ser ideal para si mesmo. E, muitas vezes, esse Deus é apresentado de forma parcial: guerreiro, vingativo, ou melhor, um Deus antropomórfico, aquele que possui atributos humanos, de caráter psicossocial e cultural.

Nesse momento, Octávio pausou seu discurso para que os presentes refletissem a respeito de suas palavras, para em seguida retomar a palavra.

— Mas com Moisés, o grande legislador hebreu, surgiu o monoteísmo, ou seja, a crença em um Deus único, mas mesmo assim Moisés manteve a ideia de um "Deus-homem", com vícios e defeitos inerentes ao ser humano.

— E nós continuamos nessa busca de entender Deus, até que, cerca de 1.500 anos após Moisés, recebemos a presença física de nosso irmão maior, Jesus, apresentando, então, nova concepção de Deus. Não mais aquele Deus rancoroso, punitivo, com características e defeitos humanos, mas um Deus pai, leal, justo, amoroso – um pai que ama seus filhos e que, portanto, quer a sua redenção, não a sua punição. Um Pai que dá a todos as mesmas oportunidades de crescimento e aprendizado.

— Mas, apesar de Jesus ter nos apresentado esse Deus, as nossas dificuldades de entendimento nos levaram a continuar nossa busca por Ele. Até que em 1857, sob a orientação de Jesus, fomos brindados com o advento do espiritismo, a Doutrina dos Espíritos. E já na primeira pergunta *de O Livro dos Espíritos* "O que é Deus?", nossos benfeitores respondem: "Deus é a inteligência suprema, causa primária de todas as coisas."

Ligeira pausa para observar a fisionomia dos presentes, e Octávio, alegremente, continuou a palestra.

— O fato é que por mais ricas que sejam as literaturas acerca desse assunto, nossa mente ainda não tem discernimento suficiente para entender Sua Grandeza... Entender ou explicar Deus seria o mesmo que tentar colocar todas as águas do nosso globo em um único copo.

Diante da reação dos ouvintes pelas últimas palavras proferidas, Octávio deu sequência à explanação do assunto, recorrendo a uma pequena narrativa, de caráter ilustrativo.

— Certa feita, um doutor da lei perguntou a Jesus, a fim de testá-lo: "Mestre, qual o maior mandamento da Lei?". E Jesus, então, lhe respondeu: "Amarás o Senhor teu Deus de toda tua alma, de todo teu coração e de todo o teu entendimento, este é o primeiro mandamento; o segundo, semelhante a este é: amarás o teu próximo como a ti mesmo."

— Vejam que o Mestre não faz distinção entre esses dois mandamentos, mas os coloca em pé de igualdade, pois quem ama realmente a Deus, ama a seu próximo, e quem ama a seu próximo demonstra seu amor por Deus.

Na sequência, Octávio silenciou por alguns instantes, lançando em seguida uma pergunta a todos:

— Mas quem é o meu próximo? Considerando que não houve resposta, ele continuou: — Meus amigos, nosso próximo é todo aquele que necessita de nossa atenção, nosso carinho, nosso amor. Somos todos filhos do mesmo Pai e o que Ele quer é que nos amemos uns aos outros. Todo aquele que cruzar nossos caminhos é o nosso próximo e devemos amá-lo igual a um irmão.

— Mas, espíritos ainda imperfeitos que somos, encontramos muitos obstáculos pessoais que nos impedem de amar ao próximo. Entretanto, o maior de todos, com certeza, é o orgulho, que nos faz egocêntricos, achando que o mundo existe para nos servir em vez de existirmos para servir o mundo, e, essa postura certamente nos afasta do amor puro.

— Joanna de Ângelis, a psicóloga da espiritualidade, afirma que "O amor é a causa primeira de todas as coisas, porquanto a criação é um ato de amor."

— E, se a criação é um ato de amor, somos filhos deste amor supremo, portanto, ele existe em nós. Precisamos aprender a exteriorizá-lo, colocá-lo em prática em nossas vidas com todos os que encontrarmos pelo caminho.

— A vida de Jesus foi sempre um ato de adoração a Deus por meio do amor ao próximo, porque ele amou a todos indistintamente. Quer encontrar Deus? A melhor maneira é cultuar o bem e o amor ao próximo. Como podemos dizer que amamos o Pai se não amamos Seus filhos, nossos irmãos?

— Caríssimos irmãos, não nos enganemos, o caminho para Deus está no modo como vemos e tratamos nosso semelhante. E, para encerrarmos, lembremo-nos das palavras do nosso querido amigo Chico Xavier: "O Cristo não pediu muita coisa, não exigiu que as pessoas escalassem o Everest ou fizessem grandes sacrifícios. Ele só pediu que nos amássemos uns aos outros."

— Obrigado pela atenção e muita paz a todos.

Helena, mude sua história!

Após a palestra, Helena foi encaminhada para a câmara de passes juntamente com sua mãe e Maristela, que as acompanhava. Em seguida, as três aproximaram-se de Octávio, que foi apresentado à bela jovem. Com semblante iluminado, o palestrante desejou boas-vindas à Helena, convidando-a a voltar mais vezes àquela Casa.

Capítulo 13

Algo mais

Após saírem do Centro, Helena resolveu silenciar durante o trajeto de volta para casa. Pelas palavras ouvidas e pelo contexto daquele momento, não achou oportuno cobrar a quantia prometida da mãe. Sabia que o dinheiro seria necessário, mas pressentia que não era o momento de abrir diálogo para isso.

As duas não pronunciaram uma só palavra até que, passado razoável tempo, quase regressando ao lar, Inês quebrou o gelo dizendo:

— Quero agradecer por ter ido comigo, Helena. Espero que tenha aproveitado algo. Apesar das nossas diferenças, você é uma boa menina!

— Ah, sim! Foi da hora. Sério! Obrigado, mãe!

— Sei que venho segurando as rédeas com você quando o assunto é grana, mas vou te presentear assim que chegarmos. Prometi e vou cumprir!

— Ah, imagina, mãe!

Assim que adentraram o lar, imediatamente, Inês fez questão de dar o dinheiro à filha e dizer:

— Tenho sido durona em não te dar mesada e ter cortado seu cartão de crédito. Fique com isto e seja uma boa menina.

— Obrigada, mãe. Valeu!

— Espero que eu não esteja errando de novo.

Helena pediu licença, foi para seu quarto e trancou a porta. Sem saber o motivo, ficou com os olhos cheios de água.

Helena, mude sua história!

Jogou-se na cama e, chorando baixinho, começou a pensar: "Por que estou me sentindo assim? Eu deveria estar feliz por ter conseguido esse dinheiro! O que tenho? Por que estou tão emotiva? Que lugar foi aquele? O tal coroa falou alguma coisa e fiquei um pouco balançada. Acho que tô careta demais e fico assim chorosa."

Enquanto a jovem moça estava pensativa, dois benfeitores espirituais a acompanhavam e vibravam intensamente por ela. Cada uma das invisíveis criaturas estendia sua mão direita em direção à cabeça de Helena e orava. Assim permaneceram por alguns minutos até que Rodolfo, líder daquela expedição, ao encerrar sua rogativa, disse para a acompanhante:

— Bom trabalho, Mafalda. Estamos amolecendo um pouco o coração da nossa bela jovem. Um passo de cada vez. Continue firme com seus pensamentos! Deus seja louvado!

— Mas, pela sua aura dá para ver que ela está vulnerável.

— Verdade, Mafalda. Como eu disse, um passo de cada vez. Veja as lesões perispirituais dela. Infelizmente, ela poderá atrair forças obscuras em outras oportunidades. No entanto, temos de fazer nosso trabalho sem nos ater a isso.

— Sim, Rodolfo. Até lágrimas dela conseguimos arrancar.

— Um progresso, Mafalda. A visita dela ao Obreiros da Nova Era abriu um canal para que nos aproximássemos.

Logo que a bela jovem adormeceu, outras entidades de luz conseguiram ampará-la, impedindo que se desdobrasse para locais obscuros, como frequentemente acontecia, uma vez que a sintonia de seus pensamentos estava inadequada. Por sua vez, bastou Helena estar presente ao Centro Espírita Obreiros da Nova Era, assistir à palestra e receber um passe, ser amparada por orações da mãe que a acompanhou, para atrair para junto de si benfeitores espirituais e começar a mudar a frequência dos seus pensamentos.

Naquela noite, horas antes, após a belíssima palestra de Octávio, todos os presentes do auditório dirigiram-se para a câmara de passes, e Helena, sem entender direito o que se passava, entrou naquele local iluminado por uma fraca luz de cor azul, sentou-se tranquilamente em uma das várias cadeiras que ali havia e foi instruída para que fechasse os olhos e elevasse seus pensamentos. Apesar de seu ceticismo, por respeito a todos ali, apenas cerrou os olhos, mantendo-se assim pelo tempo da duração do passe. Desde então, seus sentimentos mudaram sutilmente, mas somente em casa é que se deu conta disso.

O que ocorrera de fato foi que alguns dos benfeitores espirituais, responsáveis por amparar o Centro naquela noite de trabalho, desde a chegada da bela jovem ao local, estavam atentos e iniciaram um trabalho de energização envolvendo-a em eflúvios de muita paz, amor e tranquilidade. E, assim, acompanharam-na até sua residência, onde carinhosamente aguardaram a chegada de Rodolfo e Mafalda, para dar continuidade ao atendimento à jovem.

O trabalho da espiritualidade é belíssimo quando há alguma atividade em qualquer casa religiosa. Horas antes do início dos eventos, os abnegados benfeitores invisíveis a nós preparam todo o ambiente harmonizando o local, trazendo bons fluidos e irradiando muitas bênçãos de paz para que nas horas subsequentes os trabalhadores e os ouvintes estejam razoavelmente amparados.

No entorno desses locais, os nossos irmãos desencarnados formam barreiras magnéticas que são verdadeiras guardas impedindo que forças obscuras entrem no local. É muito comum pessoas chegarem às suas igrejas, aos seus templos, às suas sinagogas, aos seus centros espíritas e carregarem consigo energias pesadas. Dessa forma, os irmãos que ali participam desses encontros, missas, shabats, seminários, palestras ou qualquer outra atividade, ao entrarem no local, deixam essas nocivas energias de lado, tal qual alguém que em um dia frio chega da rua muito agasalhado e ao entrar em uma loja climatizada tira o casaco e o deixa em uma espécie de mancebo. Lindo trabalho desses irmãos espirituais!

E assim aconteceu no Centro Espírita Obreiros da Nova Era naquela noite. Um trabalho da alta espiritualidade, iniciado horas antes ali dentro, e que permaneceu focado em seus trabalhadores e ouvintes; benfeitores espirituais que não fecharam a guarda dos seus pensamentos para com esses obreiros. E foi exatamente o que aconteceu com Helena, quando entidades iluminadas realizaram um trabalho "pós-evento", acompanhando-a até sua residência.

E, ainda, o amparo dos amigos invisíveis do bem contou com as preces amorosas de Inês, que mesmo diante da problemática de difícil solução vivida pela jovem, conseguiu enviar vibrações amorosas fazendo com que, pelo menos naquela noite, ela não atraísse para si pensamentos ruins e que abrisse a mente para novas informações.

Helena adormeceu profundamente, sob a vigilância dos amigos espirituais. Em seu breve desdobramento, ouviu do benfeitor Rodolfo muitas das palavras proferidas por Octávio, naquela noite. Ao acordar, ela se lembraria de ter sonhado com o Centro.

Por essa razão, a importância de vigiar os pensamentos. Muitas vezes, nossos companheiros de jornada terrena ou até mesmo nós cometemos um erro muito comum quando saímos dos encontros religiosos: fazemos uso de palavras de cunho negativo e comentários desnecessários que denigrem a imagem de governantes, de vizinhos ou, então, damos início a discussões com familiares, outras vezes atentamos para bobagens, praticamos atos errôneos e por aí vai... Por sua vez, os amigos invisíveis, que sustentam essas casas de oração, durante os tais encontros, afastam-se perante tais pensamentos, e as pessoas, em face desse comportamento, voltam a atrair para si energias obscuras, do mesmo modo que aquele que, de acordo com o exemplo, sai da loja climatizada no dia frio e veste novamente o casaco. Somos o que pensamos. Nossa mente é feito um ímã.

Capítulo 14

Despertar

Quarta-feira amanhecia com ares de esperança para Inês. Após uma noite de merecido descanso, ela acordou de semblante feliz pelos acontecimentos da noite anterior. As palavras de Octávio, o ambiente do Centro Espírita, as pessoas que lá frequentavam e tudo mais foram ingredientes que a fizeram despertar em um clima de muita paz e tranquilidade. E tudo isso, somado ao desdobramento inconsciente em que Inês pôde, enquanto adormecia profundamente, perceber amigos de luz nas imediações do seu quarto no amparo à sua filha. Tudo fez com que a simpática senhora acordasse em ótimo astral.

Logo que se arrumou, tomou café e fez alguns pequenos afazeres, ligou para a amiga Maristela para agradecer o apoio.

— Mais uma vez quero te agradecer, amiga. Que noite maravilhosa. O Octávio é ótimo!

— Eu já ia te ligar, Inês. Me conta. E sua filha? O que achou?

— Pouco conversei com ela, Maristela, mas deu para notar seu semblante diferente desde que saímos de lá!

— Não trocaram nenhuma palavra?

— Achei que o momento era para ela refletir, minha amiga. Pressenti que era necessário que assim fosse.

— Está certa! E para ela ter ido lá, fez daquela forma que havia me contado?

— Helena nem tocou no assunto, mas resolvi dar o dinheiro a ela.

— Não concordo com isso, minha amiga. Você errou quando lhe propôs essa ideia absurda e errou novamente em ter lhe dado o dinheiro.

— Não via outra forma, Maristela. Ela nunca teria ido comigo.

— Será que não tinha outro jeito, Inês?

— Não sei. Talvez. Mas penso que foi melhor assim, amiga. A palestra foi oportuna. Como já disse, a descrença dela é tão grande que não me arrependo por ter adotado esse método. O tema da palestra foi ao encontro da forma que ela pensa. E acredite: conheço minha filha – ela saiu tocada de lá. Não sei te explicar.

— Que bom, Inês. Vamos vibrar para que essa pequena semente germine na sua alma, para um dia florescer em muita luz. Isso pode ter sido um bom começo.

— Que assim seja, amiga! Mas continuarei vigilante! Pode acreditar. Sei dos riscos que corro quando Helena se vê com algum dinheiro disponível. E sei que se não fosse comigo, conseguiria tal quantia de outra forma. Conheço sua personalidade.

As duas amigas passaram a dialogar sobre outros assuntos até que Inês afirmou que a partir daquele momento se engajaria ainda mais nas atividades do Centro Espírita. Por ver sua amiga frequentar aquela Casa assiduamente e saber dos seus préstimos voluntariosos, queria realizar atividades similares. Maristela, feliz com a iniciativa de Inês, incentivou:

— Você sabe, Inês, as portas do Obreiros da Nova Era estarão sempre abertas para você. É uma grande alegria para nós quando as pessoas agregam esforços conosco.

— Imagina, Inês. Quero me engajar, sim! No meu ritmo, é claro. Primeiramente, quero participar de novos seminários e, aos poucos, envolver-me em algumas atividades da Casa. Do mesmo modo que você, tenho flexibilidade de horário.

— Que bacana, Inês. Então, por que não aproveita e participa do seminário que teremos depois de amanhã? O tema será "Conhecendo O Livro dos Espíritos". É bem interessante para quem está iniciando o estudo da Doutrina.

— Imagino! Belíssimo tema. Estou lendo esse livro todas as noites antes de me deitar e costumo ler pelo menos umas três perguntas e respostas. Estou amando. Acho que vou, sim!

— Que bom! Será ótimo, amiga. Terá a duração de uma hora e meia, com intervalo de vinte minutos.

— Sim, Maristela. Tal como no último seminário. Estarei lá, sim. Já sei como fazer. Eu mesmo me inscrevo pela internet.

— Estou vendo que você está ligada mesmo, não é, Inês?

— Sim. Lembra que no último seminário foi dito que é possível se inscrever pelo site deles? Até naveguei um pouco por ele e achei bem legal.

— Lá são divulgadas muitas atividades da Casa, e também há publicações legais de alguns dos nossos colaboradores. Por sinal, o portal foi desenvolvido por um deles.

— Está muito bom. Já tive conhecimento desse seminário de sexta-feira agora por ele. Nem sei por que não me inscrevi na hora. Tomara que eu ainda consiga.

— Acho que consegue sim.

Após desligar o telefone, Inês, aproveitando que a filha estava na faculdade, dirigiu-se até o seu quarto, ligou o computador, que julgava ser mais veloz que seu notebook, e logo se conectou à página do Centro Espírita e confirmou sua inscrição. Aproveitou e deu uma pequena navegada por ele. Quanto mais se inteirava das atividades realizadas pelo Obreiros da Nova Era, maior era seu deslumbre.

A iluminada Casa possuía significativa movimentação. Todas as noites havia algum evento. Às terças e quintas-feiras aconteciam palestras públicas e passes, às segundas e quartas-feiras eram promovidas assistências espirituais (as segundas-feiras eram voltadas para o tratamento de problemas obsessivos, e às quartas eram realizados trabalhos com dependentes químicos e seus familiares). Por vezes, havia seminários esporádicos, às quintas ou sextas-feiras. Às sextas-feiras aconteciam as chamadas Escolas Doutrinárias, que eram aulas sobre a Doutrina Espírita. Os sábados eram reservados para os trabalhos de Assistência Social, com distribuição de cestas básicas, atendimento a gestantes carentes, apoio fraterno familiar e moradores de rua. E, finalmente, aos domingos aconteciam as reuniões da Mocidade, sempre alegres e fraternas.

Inês desligou o computador com semblante de muita alegria, fez breve prece para seus mentores espirituais, agradecendo por estar se inteirando cada vez mais no Centro Espírita, e aproveitou para pedir proteção para a filha Helena. Suas sinceras rogativas emanaram boas vibrações, que foram coletadas e distribuídas para alguns dos benfeitores espirituais que habitualmente a acompanhavam e à sua filha.

Capítulo 15

Dependência

Na tarde daquela quarta-feira, Helena, após ter retornado da faculdade, aproveitando a ausência da mãe, procurou de forma desesperada por algum papelote de cocaína que imaginava ainda ter em seu quarto. Mexe daqui, remexe dali e a constatação: tinha consumido o último dois dias antes, na noite de segunda-feira. Pensou sozinha: "É lógico. Fui à boca com a Bia no sábado e só fiquei com dois papelotes. Um eu usei no sábado à noite e o outro, na segunda. Agora tô com grana e preciso de mais."

Imediatamente, Helena pegou o aparelho celular para procurar pelo nome Breno entre seus contatos. Assim que localizou, ligou em seguida.

— É o Breno? Oi. Sou a Lena, amiga da Bia, que esteve aí no sábado.

— Oi, gata! Tu é ponta firme. Prometeu que me procuraria depois de quarta e tá cumprindo. Tô gostando de ver.

— Então? Como fazemos? Não tenho carro. Minha mãe não libera o dela de jeito nenhum.

— Tua coroa é difícil, então? Posso até te encontrar em algum lugar, mas só se for pra você fazer compra gorda.

— Cem dólares é tudo que eu tenho!

— Em verdinhas?

— Exatamente.

— Não é mau negócio. Você vai ter mercadorias pra mais de mês.

— Vai durar mais que isso. Sou controlada. Não é todo dia que eu uso.

— Tá bom! Sei... Sei... E, então? Podemos marcar na mesma estação de metrô que você encontrava o Heitor?

— Tá. Hoje? Tô livre agora à tarde.

— Determinada, hein? Pode ser! Três horas tá bom pra você?

— Tá ótimo! Combinado, então.

Após desligar o telefone, Helena sentia um misto de ansiedade e culpa. Ansiedade, por saber que em poucas horas teria novamente quantidade de droga suficiente para vários e vários dias. Culpa, por saber que aquela atitude era condenável e alimentava todo um sistema ilegal, podre e corrupto. Seu nível cultural e intelectual a fazia vislumbrar ideias inovadoras. Assim ela pensava: "Sei que sou parte dessa engrenagem maldita! Se eu não fosse consumidora não haveria tráfico, não haveria violência nas comunidades, não haveria mortes e não haveria essa indústria letal. Se eu fosse governante, eu votaria para que as drogas fossem liberadas. Talvez liberadas acabaria com tudo isso. Deixa a gente consumir e pronto! Por que álcool pode, maconha não pode e cocaína não pode?"

E a jovem continuou em sua introspecção: "Até tento entender o lado da minha mãe, apesar de tantas diferenças eu sei que a amo muito. Respeito seus pensamentos e até procurei captar algumas mensagens que o 'coroa' falou ontem. Fiquei balançada, sim. Mas tenho de admitir que gosto dessa droga e preciso dela. Consigo até ficar um ou dois dias sem, mas aí vem a vontade como agora e não dá pra segurar."

Helena, embora com os olhos ligeiramente marejados, buscava outras justificativas: "Só pode ser algo genético essa minha propensão às drogas. Meu pai era alcoólatra e herdei isso dele. Adoro beber também, mas cheirar é bem melhor. Combinar os dois também é legal. Então, não sou a única culpada dessa história. Tem um lance de DNA aí. Como o velho não existe mais, posso dizer que grande parte da culpa por eu ser assim é dele. Sou dependente, sim, e daí?"

Naquele exato momento, surgiram à frente de Helena, sem que ela percebesse, os benfeitores espirituais Rodolfo e Mafalda, que formaram no seu entorno uma espécie de barreira magnética. O ilustre senhor assim falava para a sua acompanhante:

— Continue vibrando para isolar os pensamentos da jovem moça. Augusto está em fase final de recuperação, e tais pensamentos ora emanados por nossa irmã são desaconselháveis chegarem até ele.

— É verdade, Rodolfo. Augusto, o pai da jovem Helena, em sua última encarnação sofreu muito após o seu desenlace, vivendo em regiões de baixa frequência, e somente agora ele está com uma percepção diferenciada acerca da vida maior.

— Exatamente. E nos seus momentos de escuridão ele se culpava muito pelos caminhos tomados pela filha. Não é conveniente que tais pensamentos, dessa nossa irmã desorientada e doente, alcance Augusto.

Os dois benfeitores prosseguiram em seus trabalhos de vibrações, ficaram lá por mais alguns minutos e, sem demora, partiram. Sabiam que para que Helena despertasse e mudasse o rumo de sua história haveria muito trabalho pela frente, não somente o da espiritualidade, mas também o dos amigos encarnados.

Helena mudou o rumo de seus pensamentos e logo se aprontou. Passava de uma hora da tarde e ainda restavam duas horas até se encontrar com Breno. Foi à cozinha, preparou algo para comer e depois saiu em direção ao encontro marcado. Jovem determinada e destemida, ela sabia que não haveria riscos de ir sozinha ao local combinado. Tamanha era sua vontade de ter o produto, rapidamente, que nem pensou na amiga Beatriz. Sabia que ela ainda tinha seu estoque e, então, fez diretamente a ponte com o traficante.

Depois de concluída a negociação, ela nem se sensibilizou com o assédio e as palavras que acabara de ouvir de Breno.

— Então, gata. Vou contar um negócio pra você: sabe que com esse corpo que tu tem só fica sem a farinha se quiser!

— Por que tá falando assim? É cafetão também?

— Pega leve, gata! Só estou te sondando. Sei que tem muita patricinha na maior dureza que precisa comprar o pó e, às vezes... Sabe como são as coisas, né? Tá cheio de homem bacana com grana, tipo empresário, jogador de futebol etc.

— Nunca pensei nisso. Tô solteira, mas não é por isso que eu venderia meu corpo. Nem que eu tivesse na fissura.

— Tá bom, gata. É que você chama atenção. Tá desimpedida, então?

— Me deixa, Breno – disse Helena com olhar desprezível. – Quando eu precisar de você te ligo. Combinado?

Os dois se despediram e Helena apressadamente voltou para casa. Passavam das quatro horas da tarde e, para sua sorte, Inês havia chegado e saído novamente. Ela não teve dúvida: depressa preparou o ritual em seu quarto e consumiu uma carreira de pó. Em seguida, ligou seu computador, passeou pelas redes sociais, respondeu a vários e-mails, adiantou trabalhos da faculdade e, passadas algumas horas, caiu na sua cama e adormeceu.

Helena era uma dependente química que possuía hábitos normais quando consumia suas drogas. Conseguia fazer todas as coisas sem que as pessoas percebessem que estava ela sob o efeito desses produtos. Somente por uma vez ela havia exagerado nas doses. Depois daquele dia ficou com medo. Além do mais, tinha muito receio pelas histórias que ouvia. Apesar de o corpo pedir a substância, ela procurava usar moderadamente. Teria ainda pela frente muitos percalços para se libertar dessa vida.

Capítulo 16

Professor Rivail

Maristela havia convencido a amiga Inês a saírem juntas na tarde de sexta-feira. As duas combinaram um almoço e depois passeariam um pouco pelas imediações do restaurante, olhando algumas lojas e, em seguida, rumariam para o Centro Espírita Obreiros da Nova Era.

Lá chegaram por volta das quatro da tarde e puderam acompanhar o bonito trabalho de algumas senhoras voluntárias que, naquele momento, preparavam lanches que seriam distribuídos para moradores de rua no dia seguinte. Além dessa tarefa, elas separavam peças de roupas, kits de higiene, brinquedos para crianças e outros objetos.

Continuamente, o Centro Espírita Obreiros da Nova Era fazia campanhas para arrecadação de roupas usadas e de outros objetos, alimentos não perecíveis e donativos para manter a atividade de levar aos desafortunados habitantes das ruas um pouco de aconchego, carinho, afago e presteza.

Após Maristela ter explicado a finalidade daquele trabalho, Inês, com os olhos cheios de água disse:

— Cada coisa nova que eu fico sabendo desse Centro eu me emociono, amiga.

— Nosso trabalho com moradores de rua é apenas um pedacinho de uma grande engrenagem. Com o tempo, você vai se afinar com alguma atividade que te agrade e que você se sinta bem fazendo. Só o fato de estar aqui é um ótimo começo, Inês.

As duas amigas continuaram a conversar acerca do Centro e por ele caminharam despreocupadamente esperando o tempo passar, até às vinte horas, horário do início do seminário. Quando o relógio mostrava dezenove horas, as duas adentraram a livraria, admirando a grande variedade de títulos disponíveis. Maristela foi abordada pela moça que ali ficava à noite.

– Oi, Maristela! Como vai?

– Oi, Suzana! Que alegria te ver! Nem imaginava que você, com esse barrigão, estivesse ainda por aqui. Deixa eu te apresentar minha amiga Inês.

– Olá, Inês! Seja bem-vinda! Sei que a qualquer momento a bolsa pode romper, mas, como você sabe, sou muito ativa. Adoro estar aqui ajudando.

– Tô vendo, Suzana! Mas você está ótima. Dá para notar isso.

– Por que não haveria de estar? – gargalhou Suzana. – Gravidez não é doença, não é mesmo?

– Exatamente! Então, ganhará uma menina. Fiquei sabendo pela Jaqueline!

– Ela está radiante, pois, além de ser madrinha, também está grávida! E de gêmeos! Daqui a pouco a barriga dela vai começar a aparecer.

– Eu sei. Ela me disse! Terá duas meninas também! Parabéns a vocês! São grandes amigas e merecem.

– Mais do que grandes amigas, pode ter certeza. Eu e meu marido seremos padrinhos das meninas dela. E vice-versa. Até fizemos um pacto. Nossa filha vai se chamar Maria Clara. As dela serão Maria Luiza e Maria Júlia. Serão as três Marias e, no que depender de nós, elas serão grandes amigas, tais quais nós somos.

As duas senhoras sorriram emocionadas e Maristela completou:

— De repente, essas três crianças foram amigas de outras vidas e estão reencarnando juntas para uma bonita missão.

— Temos orado bastante para que elas possam, no futuro, ajudar a melhorar um pouquinho o nosso planeta.

— Nossa! Que linda você, meu anjo – falou Inês, emendando. – Ore também por minha filha que está precisando.

— Sua filha deve ser jovem, não é mesmo? Nossos jovens, de um modo geral, precisam de muitas orações. Maristela sabe que minha amiga Jaqueline, também muito jovem, passou por sérios problemas de depressão, quase morreu, e hoje está uma moça completamente curada e feliz.

— Eu sei disso, querida. Maristela me contou. Mas, talvez o problema da minha filha seja pior. Ele usa drogas com certa frequência e pode estar a caminho da dependência química.

— Irei orar por ela também! Mas, independentemente disso, tente aproximá-la desta Casa! Aqui ela pode ser ajudada de várias formas.

— Tentarei sim, minha querida. Você é um amor!

As duas senhoras se despediram de Suzana e caminharam em direção à entrada do auditório onde seria o seminário. E lá estava Jaqueline, sorridente e feliz, recebendo todos os inscritos e acomodando-os carinhosamente. Inês lembrou-se do diálogo que acabara de ter com Suzana e, ao ver o rosto daquela bela jovem, antes depressiva, e agora radiante e cheia de vida, imaginou que um dia sua filha também pudesse ficar bem.

Depois de acomodadas, aguardaram a chegada de Octávio para mais um seminário. Após alguns minutos, o simpático senhor iniciou sua fala com semblante de muita alegria, saudando os presentes.

— Boa noite a todos, que a paz do Mestre Jesus nos envolva esta noite e em todos os momentos de nossas vidas.

— Mais uma vez fico feliz pela presença de todos para estudarmos alguns aspectos da Doutrina Espírita. E peço que fiquem à vontade para perguntas e comentários.

— O assunto que discutiremos hoje será: "Conhecendo O Livro dos Espíritos", quando tentaremos compreender um pouco como esta maravilhosa Doutrina foi sedimentada.

Perante a plateia atenta e em silêncio, Octávio continuou a falar:

— Somos contemplados por vivermos em um mundo onde sempre houve entre nós os chamados "missionários". Pessoas que nasceram na Terra com a belíssima missão de ajudar os seus irmãos das mais variadas formas. Seres predestinados e iluminados.

Sua fala mansa e carismática prendia atenção de todos. E ele, docemente, deu sequência à abordagem do tema:

— Desde antes do nascimento de Jesus, o maior dos missionários, já havia profetas que, por meio de suas intuições, trouxeram-nos preciosos ensinamentos. Mais tarde, entenderíamos bem mais que esses escritos foram a eles inspirados por meio da mediunidade ou pela comunicação com espíritos desencarnados de elevado grau de desenvolvimento moral.

— E assim ocorreu por toda a história do nosso globo: vários missionários nascendo em diferentes épocas, trazendo-nos conhecimento e também agindo para o bem.

— Quando o professor francês Hippolyte Léon Denizard Rivail, profundo conhecedor dos idiomas francês, alemão, inglês e holandês, decidiu, na segunda metade do século XIX, dar mais atenção ao "fenômeno das mesas girantes" após insistência do seu amigo Fortier, ele comprovou a existência da vida fora da matéria, ao tomar conhecimento do fenômeno da escrita mediúnica ou psicografia. Tornou-se missionário, dedicando-se à estruturação de uma proposta de compreensão da realidade baseada na necessidade de integração entre os conhecimentos científicos, filosóficos e morais.

— Após a verificação desses fenômenos mediúnicos e da compreensão de que por trás das mesas girantes havia uma causa inteligente, chegou à conclusão de que o mundo é composto de espíritos encarnados, que somos nós, vivendo na carne em nosso planeta Terra, e espíritos desencarnados, que nada mais são do que os homens e mulheres despidos de sua vestimenta carnal. Concluiu também que a interação entre os dois planos, o material e o espiritual, é contínua e existe desde que o ser humano encontra-se encarnado na Terra.

— A partir daí, o professor Rivail passou a frequentar as reuniões que aconteciam havia algum tempo na residência da Sr.ª Plainemaison, e para tais encontros ele levava questões preparadas para serem feitas aos espíritos que se manifestavam nessas sessões.

— Começava ali o nascimento da Doutrina Espírita, que viria a se consolidar em 18 de abril de 1857, com a primeira edição de *O Livro dos Espíritos*.

— Vejam, queridos irmãos, que mais de dez médiuns colaboraram nesse trabalho até que *O Livro dos Espíritos* fosse lançado na Livraria Dentu, no Palais Royal, que ficava na Galeria D'Orléans, em Paris.

— Em sua primeira edição, ele era composto de 501 perguntas e respostas, sendo que na segunda edição, em 1860, foi ampliado para 1019 perguntas e respostas.

Enquanto Octávio pausava o seu discurso para tomar um gole de água, um senhor ao fundo do salão fazia a seguinte pergunta:

— Então, a Doutrina Espírita é de Kardec, certo?

— Caro amigo, respondeu Octávio, Kardec foi e é, claro, um espírito elevado que teve por missão elaborar toda a estrutura da Doutrina Espírita àquela época, mas, como ele mesmo dizia, o espiritismo é dos espíritos que, sob a orientação e o amparo de Jesus, ditaram e ainda ditam essa Doutrina, que é um conjunto de princípios morais e Leis Divinas.

— *O Livro dos Espíritos* é a pedra fundamental do espiritismo, que veio a ser completado depois com *O Livro dos Médiuns*, *O Evangelho Segundo o Espiritismo*, *O Céu e o Inferno*, *A Gênese* e, finalmente, *Obras Póstumas*.

De repente, uma jovem sentada na primeira fila perguntou:

— Por que o professor Rivail passou a ser chamado de Kardec?

— É realmente uma pergunta importante, minha jovem.

— Certa feita, em uma das reuniões mediúnicas em que o Professor Rivail estava presente, trabalhando incansavelmente na elaboração daquele que seria *O Livro dos Espíritos*, Zéfiro, seu espírito protetor, comunicou-lhe que o conhecera em uma existência precedente, nas Gálias, ao tempo dos Druidas e habitada pelos povos Celtas do século V a.C. ao século V d.C., quando, então, seu nome era "ALLAN KARDEC".

— A partir daí, o professor Rivail passou a usar o pseudônimo de Allan Kardec, para que sua obra não fosse confundida com as diversas obras do professor Hippolyte Léon Denizard Rivail. Desde então, ele se dedicou com afinco, por dias e noites, para trazer à luz a Doutrina Espírita, fazendo cair o véu que separa o mundo material do mundo espiritual.

— Somos, caríssimos irmãos, espíritos que vivemos ora na matéria, ora no mundo espiritual, a verdadeira morada do espírito. Interagimos o tempo todo entre os dois mundos, daí a importância de nos posicionarmos corretamente na vida, ética e moralmente, a fim de crescermos sempre espiritualmente.

— Deus, o Pai da Vida, sempre nos envia almas das altas esferas espirituais, a fim de alavancarem nosso crescimento; criaturas que já passaram por muitas experiências evolutivas e hoje se dedicam ao auxílio da humanidade. E uma dessas criaturas foi Allan Kardec: Homem, Espírito, Missionário, um enviado de Deus.

Em seguida, Octávio apresentou um filme que detalhava ainda mais a história do espiritismo. Após a exibição, o palestrante fez alguns comentários pontuais, deixando os participantes à vontade, para perguntas e respostas. Tamanho era o interesse de todos, que nem ao menos sentiram o tempo passar. Encerrado o encontro, o simpático senhor se despediu.

— Obrigado pela atenção de todos e fiquem em paz.

Capítulo 17

Diferentes energias

Inês, a cada dia se sentia mais envolvida com o Centro Espírita. O último seminário havia mexido muito com ela. No mesmo dia em que saiu do auditório, dirigiu-se à livraria e adquiriu um exemplar de *O Evangelho Segundo o Espiritismo* e começou a ler de forma compulsiva.

Lá passou a encontrar explicações para todas as suas dúvidas existenciais. Desde muito pequena, ela apreciava o espiritismo, e tudo que ela conhecia devia-se aos contatos com pessoas que já tinham algum embasamento. Entretanto, somente após ter se aproximado do Centro é que começava efetivamente a estudar a Doutrina.

E, assim, um pouco mais esclarecida e resignada, resolveu no domingo de manhã dialogar com a filha de forma franca.

— Nem conversamos direito acerca de suas impressões sobre a palestra que assistiu. Ficamos quase a semana toda sem nos ver.

— Verdade, mãe. Muito trabalho na facul.

— Que bom que você leva a sério seus estudos!

— Gosto do curso e tenho notas razoáveis. Tá vendo como tenho alguma qualidade?

— Claro que tem. Nem falei nada.

— Mas acaba falando sempre, né, mãe?

— Eu sei, filha. Mas vamos tentar conversar em paz desta vez.

— Tô em paz, mãe. Tá querendo saber o que eu achei da tua igreja? É da hora lá! Nem parece um templo. É um ambiente "clean". É maneiro.

— Você sabe que lá não é uma igreja. Você é bem inteligente e culta para saber que lá é um Centro Espírita.

— Que seja, mãe. O coroa falou umas coisas legais de um ser superior e outros lances, mas ainda não sei se acredito em tudo o que ele disse.

— Tudo bem, filha. Para uma primeira vez, está de bom tamanho.

— Sabe, mãe? Nem sei se eu devia estar te falando isso, mas saí de lá um pouco tocada, sim. Não sei que feitiço o coroa fez que fiquei uns dois dias bem emotiva.

— Sério mesmo? Como assim?

— Deixa pra lá. Coisa boba. É que, às vezes, me vem à lembrança o meu pai e você sabe, mãe... Eu me lembro dele me batendo pelo menos por umas duas vezes.

— Esqueça isso. Não sintonize coisas do seu passado que te fazem mal.

— É, mãe. Tô ligada!

— Mas, então, acho que você aproveitou algumas coisas daquela noite... Fico feliz com isso.

— Talvez! Acho que sim.

— Estarei lá terça-feira agora. Você vai de novo comigo?

— Não sei, mãe... Pode ser...

Por um lado Helena não queria desagradar a mãe naquele momento, uma vez que, intimamente, pensava que talvez fazendo a boa política pudesse angariar futuras mesadas ou eventuais valores e, por outro, Inês sentia-se surpresa por não ter percebido por parte da filha certa repulsa pelo Centro Espírita.

O que ocorria de fato é que algumas observações e aconselhamentos ouvidos na palestra, bem como a aproximação dos benfeitores espirituais, tinham tocado o íntimo da jovem. No recente diálogo com a mãe, Helena ainda se fazia de reticente em relação ao que presenciara na Casa de Caridades, procurando não se mostrar convicta. Ela não queria admitir para a mãe, mas começava a desconfiar, de maneira branda, haver, sim, uma força suprema que regia o universo. E essa "desconfiança" consistia em uma das razões que deixou a moça mais sensível nos dias subsequentes. Por sua vez, esse fator, somado à ajuda dos amigos invisíveis do bem, fizeram com que Helena começasse a mudar sua forma de pensar.

Estamos, então, sozinhos? Por mais solitário que estejamos na vida, a resposta é não! Certamente é não. Estar sozinho fisicamente pode ser, por muitas vezes, algo penoso para qualquer ser humano que vive na Terra. Entretanto, o mundo espiritual é amplo, complexo e repleto de almas, desde as menos evoluídas até as mais evoluídas e, assim, certamente, em um momento de solidão física, encontraremos do lado espiritual aquele amigo que irá se afinar conosco e nos guiar, nos acompanhar e nos aconselhar. Daí a importância de mantermos nossos pensamentos sintonizados no bem, a fim de atrair para junto a nós as almas elevadas, que visam ao nosso progresso espiritual.

E o que aconteceu com Helena nos momentos subsequentes à palestra foi exatamente isso. Ela estava amparada pelos nobres benfeitores espirituais, que fizeram um bonito trabalho, invisível aos olhos dela, porém sutilmente perceptível em sua mente, tornando-a emotiva.

Mas, infelizmente, no dia seguinte, devido aos seus pensamentos equivocados e errôneos, ela novamente atraiu para si outras energias, sendo encorajada a comprar droga. O que ocorreu naquele momento foi que as entidades das trevas reassumiram seu lugar junto à bela jovem, tomando o lugar dos benfeitores espirituais.

Capítulo 18

Filhos

Na manhã de uma linda terça-feira ensolarada, Inês estava de ótimo astral por saber que logo mais, à noite, estaria presente ao Centro Espírita. Pouco antes da hora do almoço, recebeu uma ligação de sua amiga Maristela.

— Bom dia, amiga. Como vai?

— Estou bem, Maristela. Sempre lembro com carinho de você, minha querida. Estou tão feliz por estar frequentando aquela abençoada Casa!

— Não me agradeça. Não fiz mais do que a minha obrigação. Faz tempo que eu insistia com você para me acompanhar. Tudo tem o momento certo, e creio que ele chegou para você.

— Verdade, Maristela.

— E sua filha? Como está?

— Você sabe que é difícil conversar com ela, mas ontem consegui trocar algumas palavras. Parece que está com a fisionomia melhor que de outras vezes.

— Quem bom!

— De repente, ela pode ir novamente hoje. O bacana da conversa foi que, para minha surpresa, ela não se mostrou repulsiva ao local.

— E por que haveria de se mostrar? Você esqueceu que há muitos benfeitores espirituais, invisíveis a nós, fazendo um bonito trabalho? Certamente, algumas dessas criaturas, durante e após a palestra que sua filha assistiu na semana passada, depositaram algumas ideias no seu inconsciente.

– Ah, minha amiga. Como eu queria ter a sua fé...

– Ora, Inês! Claro que tem. Você conseguiu que Helena estivesse lá por uma vez, e isso já foi um progresso. Quem sabe ela não vai novamente hoje?

– Pode ser, né? Ela até me confessou que se sentiu mais emotiva na semana passada, após a palestra.

– Pois, então, amiga. Isso foi pelo exato motivo que eu acabei de te falar! E saiba que ela, ao se aproximar mais desse local, se afastará desse mundo cheio de hábitos nocivos ao corpo e à alma. Tudo é gradativo, você tem de ter paciência.

– Verdade, Maristela. Verdade!

Após o almoço, no meio da tarde daquela terça-feira, enquanto Inês lia *O Livro dos Espíritos*, Helena aproximava-se para conversar.

– Mãe, vou com a senhora hoje. Gostei do coroa.

Inês não respondeu. Apenas sorriu e seus olhos ficaram levemente marejados. Ficou literalmente sem resposta. Helena, ao perceber a reação da mãe, completou:

– Pô, mãe. Não é pra ficar assim! Gostei muito da entonação de voz do coroa e de algumas coisas que ele falou. É ele que vai tá lá, né?

– Sim, minha filha. Certamente! Nossa, como eu estou feliz que queira ir comigo.

– Me avisa a hora que quiser sair, aí fico esperta.

– Tá bom, filha! Obrigada, viu!

Inês pegou o marcador de livro, fechou-o e o colocou em uma mesa de centro, levantou-se, deu um abraço e um beijo na filha. Ela, surpresa, perguntou:

– O que a senhora tá lendo? Quem é esse Allan Kardec?

— Ele é o codificador da Doutrina Espírita. Este aqui é *O Livro dos Espíritos*. Depois do seminário que tive na quinta-feira passada, fiquei sabendo que aqui tem as respostas para todos os mistérios que nos cercam. Eu costumava ler esse livro vagarosamente antes desse dia, mas agora estou devorando. É uma obra fascinante.

— Da hora, mãe! Um dia que eu tiver tranquila na facul, de repente dou uma folheada.

E na noite daquela terça-feira, ambas estavam no Centro Espírita Obreiros da Nova Era. Inês com a filha Helena, Maristela e outras pessoas amigas que ali frequentavam. Pouco antes da palestra, o simpático Octávio chegou ao auditório e cumprimentou a todos.

Do mesmo modo que anteriormente, após as saudações, os presentes oraram e fizeram as vibrações iniciais dos trabalhos. Octávio, com semblante de muita felicidade, começou, então, a abordar o tema.

— Boa noite, amigos, que a paz do Mestre Jesus envolva a todos. Toda vez que pensamos em nossos filhos os vemos tais quais nossas propriedades, nossos anjos, nossos tutelados, a quem devemos amparar, amar e dar toda a assistência necessária, por toda a vida.

— É claro que tudo isso é verdade, mas fica a pergunta: Quem são, na essência, nossos filhos? Nossos filhos são espíritos, e assim como todos nós, portadores de um passado de inúmeras existências na vida material e espiritual, acumulando conquistas e derrotas, virtudes e defeitos. E trazem consigo a única coisa que o espírito efetivamente tem: seu patrimônio moral, que pode ser rico ou pobre.

— Mas, a Sabedoria Divina nos põe nas mãos a criança frágil, bela e dependente, despertando e até aprimorando o amor nos pais que recebem este pequeno ser aos seus cuidados.

— A infância que todos percorremos, com sua simplicidade e pureza, só vem contribuir com esse processo de afinidade entre dois ou mais espíritos em uma mesma família corporal, laços esses trazidos de preexistências vividas.

— Mas, hoje, a criança está pulando etapas e deixando de viver uma infância plena com certa contribuição inequívoca para sua formação. Então, devemos nos perguntar: Quem são os responsáveis?

— Toda a sociedade, todos nós que com o materialismo excessivo e esquecimento de valores éticos e morais estamos deixando de contribuir com a infância pedagógica de nossos filhos, nossas crianças.

— Nós, pais, temos a obrigação de dar educação aos nossos pequenos. Porém, até quando essa obrigação se estende? Sempre!!! Não temos uma data limite para deixar de orientar aqueles que recebemos no seio de nossa família. Invertendo valores, deixamos a obrigação da educação de nossos filhos para a escola, aos educadores, porém, a escola ensina, cabendo aos pais o ofício de educar. Mas, aí nos defrontamos com o dilema: Qual a melhor maneira de educar?

Octávio, após ligeira pausa para observar a fisionomia de todos os presentes, deu prosseguimento à explanação do tema.

— Para tanto, vamos buscar no tempo o exemplo do maior educador que nós tivemos: o Mestre Nazareno Jesus, que pautou sua vinda até nós para nos educar, advertir, orientar, sempre pelo exemplo edificante, que é o melhor caminho para educar nossas crianças.

— A palavra, meus irmãos, empolga, mas é o exemplo que efetivamente ensina. Mas, nem sempre os exemplos que oferecemos aos nossos filhos são construtivos: ir ao mercado com nossos pequenos e violar uma embalagem e consumir o produto sem pagá-lo, receber um troco a mais e não devolver, ter atitudes agressivas e egoístas no trânsito, beber exageradamente, fumar, jogar lixo na rua, tentar levar vantagem em tudo, ou seja, são atitudes que nos tornam verdadeiros carrascos em nossos lares e, claro, não podemos nos esquecer do gato em casa!!!

Em determinado momento, uma senhora muito simpática, perguntou a Octávio:

– UM GATO? Mas eu adoro gatos e não tenho um, mas três em minha casa – arrancando algumas risadas da plateia e de Octávio.

– Caríssima irmã, gosto sempre de deixar a menção ao gato para o final de minhas palestras, a fim de ver a reação de todos, quase sempre muito parecida com a sua. Mas, não estou me referindo a esses maravilhosos irmãozinhos, que tanto nos trazem alegria e amor com seus gestos de carinho e amizade, mas sim aos gatos da TV, da energia, da água, do telefone e de tantos outros, que só fazem atrasar ainda mais nosso crescimento espiritual. E, o pior, nossos filhos estão vendo tudo isso. **ESSE É O NOSSO EXEMPLO!!!**

Nesse momento, pôde-se notar um misto de risos e acenos de aprovação pelas palavras de nosso ilustre amigo.

– A criança – continuou Octávio, recebe dos pais a orientação, boa ou má, que servirá por toda sua vida. Nossos filhos não são nossos enfeites, nossos bichinhos de estimação, nossos brinquedinhos, nem mesmo nossos "amiguinhos ou amiguinhas". Sim, a amizade entre pais e filhos é de extrema importância para o processo de educação, mas eles têm de ver em nós não apenas o amiguinho, mas o orientador, o educador, o porto seguro para eles.

— Eles são nossos companheiros do passado, que vêm para nos ajustar mutuamente, um auxiliando o outro nesta família agora corporal, antes espiritual.

— Os pais são verdadeiros artesãos, com a mais bela escultura que podemos ter em mãos: os filhos. Damos aos nossos filhos boas escolas, boas roupas, brinquedos, cursos muitas vezes dispendiosos, tecnologia, carro e, é claro, tudo isso faz parte desse processo entre pais e filhos.

— Mas, também, e o mais importante, é darmos aos tutelados que foram confiados à nossa guarda ensinamentos de justiça, fraternidade, caridade, respeito, disciplina, trabalho honesto e, principalmente, amor. Amor pelas pessoas, pela natureza, pelos animais, amor pela vida. Temos de ajudar nossos filhos enquanto é tempo e lapidar sua beleza interior como o lapidador faz com o carvão bruto, até transformá-lo em uma joia bela e vistosa.

— Rememoremos as palavras edificantes de nossa amiga da espiritualidade Joanna de Ângelis, quando diz: "Os filhos não são realizações fortuitas, mas procedem de compromissos aceitos antes da reencarnação pelos futuros pais, de modo a edificarem a família que necessitam para a própria evolução."

— Somos herdeiros de nossas obras, e Deus nos deu a grande tarefa da maternidade e paternidade.

— Caríssimos amigos, peço licença a todos para trazer um verdadeiro poema do Sr. Içami Tiba, psiquiatra e escritor de livros sobre a educação familiar, que se chama: *Filhos são como navios*.

Octávio apanhou o óculos de leitura e começou a ler com belíssima entonação, dando vida ao texto de Içami Tiba.

Helena, mude sua história!

Ao olharmos um navio no porto, imaginamos que ele esteja em seu lugar mais seguro, protegido por uma forte âncora.
Sabemos que ali está em preparação, para se lançar ao mar, ao destino para o qual foi criado, indo ao encontro das próprias aventuras e riscos.
Dependendo do que a força da natureza lhes reserva, poderá ter que desviar da rota, traçar outros caminhos ou procurar outros portos.
Certamente retornará fortalecido pelo aprendizado adquirido, mais enriquecido pelas diferentes culturas percorridas.
E haverá muita gente no porto,
Feliz à sua espera.
Assim são os filhos.
Estes têm nos pais o seu porto seguro até que se tornem independentes.
Por mais segurança, sentimentos de preservação e de manutenção que possam sentir junto aos seus pais, eles nasceram para singrar os mares da vida, correr seus próprios riscos e viver suas próprias aventuras.
Certo que levarão consigo os exemplos dos pais, o que eles aprenderam e os conhecimentos da escola, mas a principal provisão, além das materiais, estará no interior de cada um:
A capacidade de ser feliz.
Sabemos, no entanto, que não existe felicidade pronta, algo que se guarda num esconderijo para ser doada, transmitida a alguém.
O lugar mais seguro que o navio pode estar é o porto.
Mas ele não foi feito para permanecer ali.
Os pais também pensam que sejam o porto seguro dos filhos, mas não podem se esquecer do dever de prepará-los para navegar mar adentro e encontrar o seu próprio lugar, onde se sintam seguros, certos de que deverão ser, em outro tempo, este porto para outros seres.

Ninguém pode traçar o destino dos filhos, mas deve estar consciente de que na bagagem devem levar valores herdados como:
Humildade, humanidade, honestidade, disciplina, gratidão e generosidade.
Filhos nascem dos pais, mas devem se tornar cidadãos do mundo.
Os pais podem querer o sorriso dos filhos, mas não podem sorrir por eles.
Podem desejar e contribuir para a felicidade dos filhos, mas não podem ser felizes por eles.
Os pais não devem seguir os passos dos filhos e nem devem estes descansar no que os pais conquistaram.
Devem os filhos seguir de onde os pais chegaram, de seu porto, e, como os navios, partirem para as próprias conquistas e aventuras.
Mas, para isso, precisam ser preparados e amados, na certeza de que:
Quem ama educa.
Como é difícil soltar as amarras.

Nesse momento, tocados por suas memórias e experiências com seus pequenos, muitos presentes deixaram escapar lágrimas que poderiam significar alegria ou tristeza pela conduta com os filhos.

Octávio, atento a esse momento ímpar da reunião, aproveitou para lembrar que Deus nos confia esses tesouros, nossos filhos, que passam rapidamente da infância para a juventude e para a madureza, ao passo que nós, pais, fazemos o caminho inverso, passando agora a dependermos do carinho, da atenção e do amor que oferecemos a eles durante a vida. Ele finalizou:

– Somos todos filhos do Pai Maior e D'Ele só recebemos amor incondicional e a oportunidade de crescermos até a perfeição espiritual que nos compete. Sigamos, ainda que tão imperfeitamente, seus ensinamentos, levando aos nossos filhos a educação moral e espiritual, tão importantes a ELES. Boa noite e muita paz a todos.

Inês e Helena, na companhia de Maristela, foram encaminhadas à câmara de passes e depois, quando o movimento da Casa diminuiu, saudaram o amigo Octávio, parabenizando-o pela palestra e pelos ensinamentos obtidos naquela noite. Após trocarem algumas palavras, despediram-se.

No caminho de casa, Inês, dentro do automóvel, sentia-se muito reflexiva enquanto dirigia a caminho de casa. Por esse motivo, trocou poucas palavras com Helena. Muitas das ideias e conceitos extraídos daquela palestra haviam mexido com seu íntimo. Imaginava ter errado, e muito, na educação da filha.

Helena novamente havia apreciado a palestra e sentia no tom de voz de Octávio algo muito paternal, que prendia sua atenção. Por já ter ouvido falar em Içami Tiba, o assunto foi um atrativo a mais para o acontecimento da noite.

Capítulo 19

Um mês depois

Desde sua última aquisição de droga, a jovem Helena alternava momentos de depressão e euforia. Momentos de depressão quando, influenciada por forças invisíveis do bem, elevava seus pensamentos e tomava consciência dos seus atos condenáveis ao consumir substâncias entorpecentes, e momentos de euforia, ao ingerir suas doses de cocaína, sempre acompanhada de forças invisíveis, pertencentes às regiões com ausência de luz.

O leitor pode se perguntar como entidades de luz, ao se aproximarem da jovem Helena a tornavam depressiva, ao passo que entidades pertencentes às regiões obscuras causavam-lhe sensações de euforia. Como? Não deveria ser o contrário? No contexto de vida em que a jovem se encontrava, não. Se levarmos em conta que os momentos felizes da jovem eram provocados pelo uso de substâncias entorpecentes e nocivas ao organismo, incentivadas por entidades vampirizadoras, enquanto os momentos não felizes eram o resultado de uma íntima reflexão, mesmo que inconsciente, que trazia a ela um pouco de esclarecimento do mal que estava causando a si mesma, está correto esse raciocínio. Os espíritos de luz, então, ao alimentarem a mente de Helena com informações acerca do caminho equivocado das drogas e instigarem a reflexão, a levavam a sentir certo arrependimento. Daí, a razão desses momentos mais depressivos intercalados a momentos de euforia apresentados pela bela jovem.

Há um antigo ditado aplicado a nós, seres encarnados, que fala mais ou menos assim: Se deseja o bem ao seu filho faça-o chorar, se deseja o mal, faça-o rir. Assim o fazem não so-

Helena, mude sua história!

mente pais e mães que amam incondicionalmente seus filhos, mas igualmente os espíritos benfeitores que visam sempre ao nosso bem.

Nos últimos trinta dias, Helena tentava de forma comedida consumir sua droga. A cada três dias usava um papelote em casa, ou com amigos em uma balada, ou mesmo no intervalo de aula na faculdade. Nesse ínterim, procurou ser mais amável com a mãe, porém se esquivou em participar de outras palestras no Centro.

Em uma tarde de quinta-feira bateu enorme desespero na jovem ao perceber que havia consumido seu último papelote de cocaína havia mais de três dias. Ligou para Breno.

— Breno?

— Fala, gata! Tá sumida, hein?

— Tô com problema, Breno! Tô precisando de pó, mas tô sem grana nenhuma.

— Tu não tem mesada? Tu não ganha grana pra condução? Pra lanche?

— Tá jogo duro. Tenho um bilhete único que a minha mãe carrega pra mim e uma conta na lanchonete da facul pra eu consumir lanches e refrigerantes. Grana que é bom, nada!

— Que osso, hein, gata? Faz o seguinte. Tu tá com tempo agora? Me encontra no lugar de sempre. Em uma hora. Pode ser?

— Vai quebrar meu galho?

— É. Pode ser. Vamos conversar.

— Tô indo!

Helena chegou ao local combinado cerca de quinze minutos antes do horário marcado. Era uma estação de metrô

111

bem movimentada. Aguardava no mesmo lugar que o havia encontrado da última vez. Imaginava que ele chegaria subindo uma das escadarias daquela estação quando, de repente, se surpreendeu ao deparar com um rapaz de óculos escuros, em um carro esportivo, que buzinava e acenava para que ela se aproximasse. Ao fixar melhor seu olhar, notou que era Breno que ali estava. Acelerou o passo e logo entrou no carrão do rapaz.

— Não te reconheci. Não sabia que você tinha esse carrão.

— É do "Bola", conhecido meu. Ainda! Ele me emprestou. Deixa os negócios melhorar e aí eu compro dele.

— Por que quis me encontrar sabendo que estou na fissura e sem grana?

— Então, gata! Podemos fazer uma troca se tu topar.

— O que quer de mim?

— Sexo. Mais nada. Sem envolvimento. Sem esse negócio de ficar apaixonadinho. Tu é a maior gata e sabe, né? Também tô na seca de mulher já faz umas semanas. Você fica comigo e eu te dou o pó.

Helena parou por alguns segundos e não sabia o que responder. Pensou em bater a porta do carro e deixar Breno falando sozinho, porém, tratando-se de uma garota já vivida, que havia ficado com alguns rapazes, possuía alguma experiência nesse assunto e com enorme vontade de consumir a droga, prontamente, o desafiou.

— Isso é loucura! Se quer que eu me venda para você, meu preço vai ser caro.

Breno não teve dúvidas. Para provocar Helena, mostrou uma pequena quantidade da droga que ele havia colocado em um saco plástico transparente, para propositalmente deixar visível, e emendou:

Helena, mude sua história!

– Veja só! Esta é puríssima! Dá o seu preço, gata! A gente vai para um motel, você dá o seu "tirinho" lá mesmo, te arrumo quantidade suficiente por uma ou duas semanas e você fica comigo agora à tarde pelo tempo que eu quiser.

– Você pegou esse carro de caso pensado, né? O negócio é que não posso voltar tarde! Daqui no máximo duas horas preciso estar em casa.

– Então, isso é um sim! Não vai se arrepender, gata. Te deixo onde você quiser depois.

– Tudo bem, mas só com preservativo!

– Bora lá!

Desde o primeiro momento que Breno conheceu Helena, sentiu forte atração física por ela. Na ocasião, por estar acompanhada da amiga, resolveu não investir pesado no primeiro encontro. No encontro seguinte, ao vê-la sozinha, pensou em investir novamente, mas, por notar uma personalidade firme e determinada quando jogou algumas conversas, decidiu adiar seus planos. Agora conseguiria atingir seu objetivo.

Capítulo 20

Senhores da luz

Breno estava prosperando em seus negócios de pequeno traficante. Conseguia tirar livres mais de mil dólares por semana. Seu público-alvo era, em sua maioria, jovens de classe média alta e classe média.

Naquela tarde, após conversar com Helena por telefone e sentir que ela estava no desespero, planejou um encontro com segundas intenções. Pediu o carro emprestado do chefe "Bola", separou razoável quantia em dinheiro e escolheu um bom motel nas imediações da saída da cidade, para passar a tarde com a jovem.

E no luxuoso motel havia uma espécie de antessala, com uma pequena mesa, que poderia ser usada de mesa de jantar, e duas cadeiras. Ali mesmo, o próprio Breno apanhou o saco com a droga que ele havia mostrado a Helena e preparou várias carreiras.

Breno fez questão de deixar a jovem à vontade. Após "armar o circo para ela", ao deixar as carreiras simetricamente arranjadas em cima da mesa, recomendou que não tivesse pressa.

— Divirta-se, gata! Vou tomar um banho! Vê se deixa um pouco disso pra mim. Sem pressa, tá?!

Helena deu um sorriso de felicidade enquanto o rapaz tirava as roupas e se dirigia para o banheiro da suíte. Ela nem se atentou ao fato de Breno, já nu, passar em sua frente por mais de uma vez. Seus pensamentos estavam focados somente na droga. Antes de entrar no banho, ele ainda disse:

— Fica à vontade, gata. Tira essa roupa. O pó não vai sumir daí!

Breno entrou no banho despreocupadamente, mas uma cena invisível aos olhos dos dois começou a se formar: três seres desencarnados, pertencentes às regiões de baixa frequência, aproximaram-se da jovem Helena e começaram a obsediá-la de forma intensa. Estavam presentes Heitor, Tico e Juca que, liderando o grupo, sussurrava palavras de incentivo.

– Cheira, Helena! Cheira logo! Estamos esperando.

Helena inalou a primeira carreira, ouvindo o barulho da ducha de dentro da suíte. Os companheiros invisíveis continuavam por lá e o líder tornou a incentivá-la.

– Tem muito pó aí, Lena! Queremos que você cheire tudo!

A jovem preparava-se para consumir nova carreira de cocaína quando surgiram naquele local os benfeitores Rodolfo e Mafalda, cercados por significativa aura clara que, inicialmente, ofuscou a vista dos seres menos iluminados que ali estavam.

Nesse momento, Helena, sem saber o motivo, parou de consumir a segunda carreira, pois estava satisfeita com a quantidade que havia cheirado e resolveu parar por ora. Tirou sua roupa e se jogou na cama somente com suas roupas íntimas. Enquanto estava deitada, por sua mente passava certo receio de consumir grande quantidade e passar mal. Pensava consigo:

– Tava na fissura, mas é melhor pegar leve! Não quero susto! Vai devagar, Helena!

Juca, Tico e Heitor, acuados e se sentindo desconfortáveis naquele ambiente, afastaram-se da jovem. Embora não tivessem visualizado Rodolfo e Mafalda, os jovens sentiram certa energia perturbadora e deram dois passos para trás! Ainda dentro do recinto, Juca falou para os demais:

– Melhor a gente ir! Tem vezes que aparecem esses chamados "senhores da luz". Vamos embora, gente!

— Peraí! Quero ficar! — disse Heitor para os demais.

— Vamos cair fora, Tico! Deixa esse pirralho aqui e me segue. Ele que se vire!

Juca e Tico deixaram o recinto, e quando Heitor pensou em se aproximar novamente de Helena, Rodolfo e Mafalda tornaram-se visíveis para ele, cercados por grande claridade, que a princípio lhe deu a impressão de ter seus olhos ofuscados. Ele, inocentemente, perguntou:

— Vocês são os "senhores da luz" que meu conhecido acabou de falar?

— Olá, meu jovem. Estamos aqui para ajudá-lo! Deus seja louvado por permitir que, neste momento, você tenha a percepção de nós.

— Por que diz que eu preciso de ajuda, moço?

— Podemos explicar tudo no momento oportuno, meu jovem. Acompanhe-nos que vamos acomodá-lo em um local apropriado.

— Tô na seca, moço! A encarnadinha cheirou pouco e nem deu pro gasto. Quero ficar aqui e esperar.

— Afirmo que sua conhecida encarnada não irá mais se drogar por hoje. Vai perder seu tempo. Por que não nos acompanha?

Heitor ficou pensativo por alguns instantes. Àquela altura, via-se sozinho na presença dos benfeitores, que expressavam semblante calmo e de muita paz. Além do mais, aos olhos de Heitor, os benfeitores inspiravam muita confiança. Então, abriu seu coração:

— Sabe que é, seu moço... Depois que cheguei aqui, esses meus conhecidos me mostraram que a única forma de me divertir é "encostar" nos encarnadinhos. Eu gostava do pó quando era um deles...

Helena, mude sua história!

— Venha conosco, meu jovem. Poderemos mostrar que existem prazeres muito maiores que esse. Acredite na gente!

Não demorou muito para que Heitor se influenciasse pelos benfeitores e dali fosse levado.

Enquanto isso, Helena, deitada na cama, avistava Breno, que acabava de sair do banho. Antes de tomar alguma atitude, ele disse:

— Tá vendo aquele pó lá em cima? Pode guardar pra mim. Junta com os papelotes que você vai me dar, a não ser que você queira cheirar agora.

— Vou só dar um peguinha, gata! E você? Não quis mais?

— Não, já dei dois tirinhos! Tô pegando leve hoje.

— É, gata... Cê tá muito linda de calcinha e sutiã.

— Nem vem. Primeiro quero ver os papelotes! Cadê?

— Pô, Lena! Agora?

— Pagamento antecipado. Ponha tudo na minha bolsa. Quero ver quanto que eu levo nessa. Você falou pra eu dar meu preço.

À contragosto, Breno pegou do seu casaco alguns papelotes e colocou dentro da bolsa de Helena, que ainda insistiu para que ele desfizesse as carreiras já feitas que estavam sobre a mesa da entrada da suíte e guardasse. Depois de obedecer às vontades da jovem, perguntou:

— Pronto! Tá feliz agora? Eita mina difícil, você! O que tem de linda tem de chata!

Helena sorriu de forma maliciosa e se entregou aos braços de Breno, feito uma namorada apaixonada. Cumpriu seu trato com louvor.

Capítulo 21

Amparo astral

De acordo com a questão 115 de *O Livro dos Espíritos*, de Allan Kardec, onde é perguntado se os espíritos são criados bons ou maus, temos a resposta:

> Deus criou todos os Espíritos simples e ignorantes, isto é, sem saber. A cada um deu determinada missão, com o fim de esclarecê-los e de os fazer chegar progressivamente à perfeição, pelo conhecimento da verdade, para aproximá-los de si. Nesta perfeição é que eles encontram a pura e eterna felicidade. Passando pelas provas que Deus lhes impõe é que os Espíritos adquirem aquele conhecimento. Uns aceitam submissos essas provas e chegam mais depressa à meta que lhes foi assinada. Outros só a suportam murmurando e, pela falta em que desse modo incorrem, permanecem afastados da perfeição e da prometida felicidade.

Dessa forma, Heitor, recém-desencanado, poderia ser visto feito uma criatura como qualquer outra que havia retornado ao mundo espiritual. Criado em idênticas condições a todos os irmãos simples e ignorantes, escolhia, pelo seu livre-arbítrio, um caminho tortuoso na atual fase do seu processo evolutivo.

O jovem rapaz de baixa renda e de índole boa, quando encarnado, fora vítima de más companhias e de sua própria personalidade. Quando se deu conta já era um dependente químico e, para sustentar seu vício, começou a traficar pequenas quantidades.

Helena, mude sua história!

Tamanha era sua ignorância, que algumas semanas após seu desenlace físico continuava com o mesmo comportamento de quando encarnado. Com seus desejos à flor da pele, não se importava em vampirizar qualquer ser encarnado que fosse.

Nosso espírito é imagem e semelhança daquilo que somos hoje. Ao perdermos a nossa camada mais grosseira toda a nossa personalidade, todas as nossas paixões, todos os nossos medos, todos os nossos desejos continuarão dentro de nós. Estamos em um estágio evolutivo, onde após nosso desenlace carnal seremos dotados de um corpo perispiritual, que possui um atributo de nos permitir muitas das sensações que ora temos.

E, Heitor, recém-chegado, tinha por desejos manter as mesmas sensações provocadas pelo uso da cocaína. Nas semanas subsequentes ao seu desenlace físico continuou com a mesma postura de antes. Filho único e sempre se ausentando de casa, preterindo a presença dos pais em troca de suas companhias afins, prosseguia agindo de forma equivocada. Seus sentimentos de compaixão ou de afeto pelos seus genitores estavam obscurecidos por causa da droga. Pouco se importava com o sofrimento deles pela perda do filho único.

Rodolfo levou Heitor a uma pequena morada de luz composta por lindas paisagens, onde havia uma grande edificação de três andares, desenhada de forma retangular, que lembrava as construções antigas da Europa Medieval. Em seu interior, conduziu o jovem para uma pequena sala que era usada por trabalhadores dali para uma espécie de triagem. Acomodou-o em uma cadeira em frente a uma mesa, que lembrava um consultório médico. Começou, então, a falar de maneira doce, porém firme:

– Heitor é o seu nome, não é mesmo? Você é um rapaz de sorte, pois sua mãe encarnada reza fervorosamente por você todos os dias, e graças às suas rogativas você será amparado por benfeitores de luz se assim desejar.

— É mentira, seu moço! A velha nem me dava atenção. E meu pai só me pressionava pra eu mudar a escola pra noite, pra trabalhar. Eles tavam nem aí pra mim.

— Engano seu, meu jovem. Pelo contrário. O dia a dia de trabalho árduo dos dois para poder levar comida à mesa lhe deixou essa falsa impressão.

Heitor emudeceu e Rodolfo continuou o diálogo.

— Você que acabou se afastando deles por se envolver com más companhias. Quanto mais você se aproximava das drogas, mais se distanciava da sua família.

O rapaz estava introspectivo e o benfeitor prosseguia em sua fala:

— Mas o assunto dos seus pais, nós podemos discutir depois. Nosso questionamento agora é o seguinte: Você deseja ajuda? Para isso, é necessário que você deixe de seguir nossos irmãos encarnados nos momentos que deseja saciar seus vícios.

— O que é isso aqui? Uma clínica?

— Mais ou menos. Diríamos que sim. Só que um pouco diferente daquelas que há na Terra.

— O que vocês querem de mim? Me deixar preso aqui?

— De forma alguma. O livre-arbítrio é permitido a qualquer criatura de Deus. Se você quiser partir, não vamos impedir. Nós estamos apenas querendo ajudar você.

— Tenho minhas vontades, seu moço! Não vou conseguir ficar aqui.

— O mundo espiritual possui muitas coisas, mas que você desconhece, meu jovem. Peço, encarecidamente, que reflita. Se for embora retardará seu aperfeiçoamento espiritual e também prejudicará os irmãos encarnados, que hoje são dependentes químicos. Você tem ideia que ao alimentar seu vício está prejudicando essas criaturas, incentivando-as a consumir essas substâncias?

O jovem, inicialmente, tocado pelas palavras de Rodolfo, aceitou sua proposta. Não demoraria muito, porém, para que ele fosse atraído por forças obscuras e voltasse para junto dos companheiros desorientados e sofredores.

O mundo espiritual se assemelha muito ao nosso. Por quantas vezes somos influenciados às boas práticas, aos bons costumes, aos bons atos, procurando bons caminhos e ouvindo bons conselhos e, passado algum tempo, esquecemos, nos esquivamos e caímos de novo nas malhas dos erros e da ignorância?

Por quantas vezes fazemos juramentos e promessas de que vamos mudar nossas atitudes e depois tudo é esquecido? É muito comum, por exemplo, quando é chegado o momento da virada do ano, muitos de nós, ao fazermos reflexão íntima, reconhecermos muitas atitudes que podem ser melhoradas e, ao tomarmos tal consciência, prometermos a nós mesmos algumas mudanças. E passada a época do réveillon, poucas das promessas são cumpridas...

Eis que o jovem Heitor, recebido por espíritos de luz, após ouvir as palavras de Rodolfo e concordar incialmente com seus conselhos, se esquivaria rapidamente da oportunidade que lhe fora dada.

A complexidade do mundo espiritual, para nós, ainda invisível, faz com que existam inúmeros seres em diversos estágios evolutivos que cometem erros e acertos, tais como nós. Não é por que atravessaremos a fronteira da carne que encontraremos um mundo diferente do nosso. Levaremos para lá toda a nossa essência, com exceção do corpo físico. E, ao depararmos com uma complexa estrutura: com moradas, escolas, hospitais, inúmeras organizações, grupos sociais, nós seremos regidos pelo nosso livre-arbítrio, que vai nos direcionar para um caminho.

E Heitor ainda demoraria para encontrar o caminho da verdade.

Capítulo 22

Vidas pregressas

Rodolfo e Mafalda concluíam mais uma expedição ao planeta azul em uma missão de auxílio. Seus dois objetivos, a princípio, haviam sido alcançados. O primeiro deles foi influenciar a jovem Helena a não consumir toda a quantidade de droga que estava à sua disposição, naquela tarde no motel. Eles conseguiram neutralizar as forças obscuras ali presentes que a incitavam a usar a droga de forma compulsiva. Sem essa intervenção, ela entraria em overdose. O segundo objetivo foi acolher Heitor a pedido das preces de sua mãe. Dessa forma, os dois benfeitores, ao se tornarem visíveis para o jovem, o sensibilizaram de modo que ele concordou inicialmente em ser auxiliado.

Após o trabalho, eles conversavam com semblante de satisfação por mais uma missão cumprida.

— É uma alegria quando conseguimos êxito nas nossas missões de auxílio, Rodolfo.

— Sim, Mafalda! Apesar de sabermos que Heitor ainda está preso aos laços carnais, creio que pudemos contribuir.

— Mas o que para mim é mais gratificante, é poder intervir por nossa filha de outrora.

— São os laços eternos da magnífica obra de Deus, Mafalda. Eis que nós, na condição de espíritos desencarnados e portadores de relativa luz, estamos sendo agraciados por poder amparar Helena, à medida do possível.

Os dois benfeitores falavam de Laura, que no século XVIII vivera como filha deles na cidade do Rio de Janeiro. O casal tinha também um filho mais novo de nome Luiz. Família de posses, na época planejava ter pelo menos quatro filhos, porém Mafalda abortou espontaneamente por três vezes consecutivas. Daí, então, a diferença de cinco anos entre Laura e Luiz.

Durante a infância e a pré-adolescência, Laura tratou o irmão de forma ríspida, e quando os pais se ausentavam de casa ela judiava bastante dele. Algumas brigas passavam da normalidade e não havia afinidade entre o temperamento deles. E isso aconteceu durante toda aquela existência.

Luiz veio a reencarnar como Augusto, e Laura como Helena. Dois irmãos de uma encarnação anterior renasceram como pai e filha. Eis um dos motivos de o pai surrar a filha quando alcoolizado, em sua última encarnação. Mas os laços entre eles vinham de épocas mais remotas. Na Idade Média, eram marido e mulher, quando mentiras e traições fizeram com que o relacionamento de ambos acabasse tragicamente. O esposo, enfurecido após uma crise de ciúmes, matou a mulher impiedosamente.

Os benfeitores continuavam a relembrar o passado.

— Exatamente, meu querido! Assim como pudemos amparar nosso filho Luiz, que ficou por vários anos em regiões sombrias e somente agora está com um discernimento razoável sobre a vida maior.

— Quantos percalços na vida desse nosso filho querido, Mafalda. Luiz, agora Augusto, está quase recuperado! Continuemos a trabalhar com afinco em nossas missões de auxílio para podermos amparar tantas almas aflitas e direcioná-las para um caminho reto, de acordo com nossas possibilidades.

— Que Deus seja louvado, meu querido! Nossa atribuição é essa. Trabalhar para o bem não só da nossa, mas também de tantas famílias universais. Do mesmo modo que inúmeras delas, haverá um dia em que a nossa estará reunida em ótimas condições.

– Será um encontro supremo. Décadas e décadas se passarão e, nessa obra de Deus, comemoraremos o encontro mágico de gerações.

Os benfeitores conversavam felizes com muita naturalidade. A menção a "décadas" para eles era o mesmo que "dias" para nós. Nosso tempo medido na Terra é algo ínfimo perante a espiritualidade maior. Segundo *O Livro dos Espíritos*, de Allan Kardec, uma existência é um sopro na eternidade.

Para nós, seres encarnados, uma vida média na Terra, que pode durar oito ou nove décadas, pode ser muito rápida no plano espiritual, porém pelo prisma da vida maior, em que estamos vivenciando apenas um dentre incontáveis passos da existência, tudo é muito diferente. A mensuração do tempo ganha outro significado. Nossa mente não tem todas as faculdades para entender essa grandiosidade. Portanto, não nos preocupemos com isso. Tratemos de viver o aqui e o agora fazendo nosso melhor.

Afinal, uma só existência perante a eternidade pode significar, sim, somente um pequeno tijolo de uma gigantesca muralha. Mas, para que a muralha exista é necessário cada um desses tijolos. E, além disso, é conveniente que cada tijolo seja firme, compacto e denso. Eis, então, analogamente, a importância da oportunidade reencarnatória que Deus, em sua infinita bondade, nos proporciona incansavelmente.

Capítulo 23

Laços de família

Na terça-feira seguinte, Maristela e Inês estavam juntas na entrada do Centro Espírita Obreiros da Nova Era e conversavam felizes acerca do tema da palestra que assistiriam dentro de alguns minutos.

— Uma pena que não consigo mais trazer Helena. Sabe, amiga, até me animei quando há pouco mais de um mês ela veio aqui espontaneamente pela segunda vez, mas, depois, não mostrou mais esse interesse. Ela desconversa quando abordo o assunto. Ah! Esses adolescentes...

— Continue vibrando por ela mesmo assim, Inês! Quando você menos esperar, ela virá de novo.

— O problema é que acho que ela continua se drogando. Não sei como faz para conseguir isso, pois seguro muito as rédeas com dinheiro em casa.

— Vocês precisam conversar mais, Inês. Você não pode ter essa desconfiança. Se ela continua nesse caminho, você deve ter um diálogo franco e oferecer ajuda.

— Ela tem personalidade difícil. Ela enxerga tudo isso com naturalidade, igual a pessoa que bebe socialmente. Quando toco no assunto, acabamos discutindo.

— Mas você comentou comigo que ela melhorou depois que veio aqui pela primeira vez.

— Não sei, amiga. Eu achava isso. Pode até ser que sim, mas ultimamente ela está distante.

— Converse mais, Inês. Vocês precisam dialogar!

Helena, mude sua história!

— Verdade, Maristela.

— Bem, vamos elevar nossos pensamentos para a palestra de logo mais. Vibremos por Helena e por tantos outros jovens que enfrentam o tortuoso caminho das drogas, não somente agora durante a palestra, mas também na hora dos passes.

Octávio surgiu no iluminado auditório com semblante de muita paz e alegria. Após os cumprimentos e saudações habituais, os presentes oraram e fizeram as vibrações iniciais dos trabalhos. Octávio começou, então, a abordar o tema.

— Boa noite, amigos, que a paz do Mestre Jesus envolva a todos. Caríssimos irmãos, hoje nós falaremos um pouco acerca dos laços que nos unem às nossas famílias.

— Existem dois tipos de famílias, as de laços materiais e as unidas pelos laços espirituais. Mas, antes que possamos entender mais a esse respeito, vamos começar nos perguntando: POR QUE EXISTE A FAMÍLIA?

— A família é, com certeza, o suporte de maior importância para o homem. O lar é a primeira sociedade em que vivemos. É a menor célula da sociedade.

— É no nosso lar que aprendemos a conviver com as diferenças; aceitar que somos diferentes uns dos outros; perdoar as faltas dos outros; participar de uma vida em sociedade, em que todos devem se ajudar mutuamente; entender a diversidade de gostos, ideias, pensamentos; aprender a auxiliar o próximo que se encontra no seio de nossa família; aprender a dividir nossas experiências, alegrias, dores e, finalmente, é no lar que damos os primeiros passos em direção ao amor, aprendendo a amar incondicionalmente.

— Podemos fazer uma analogia do nosso lar com o nosso coração. Enquanto o coração bombeia sangue para manter nosso organismo corporal, o lar bombeia o que existir em seu interior, para a manutenção de nossa sociedade.

— Se no nosso lar houver carinho, compreensão, fraternidade e amor é isso que levaremos para nossas vidas de relacionamento, onde e com quem estivermos. Mas, se no interior de nosso ninho doméstico predominar a intriga, a inveja, a discórdia, a intolerância, o desamor, então, é isso que levaremos para fora dele.

— E aí, caros amigos, entra em cena a Lei Divina da Reencarnação, fortalecendo ainda mais os laços de família, que a cada nova oportunidade reencarnatória aproxima espíritos afins e dispostos a se ajudar mutuamente, ocasião em que, no plano espiritual, os espíritos formam famílias espirituais, unidas pelos laços da simpatia, da afeição e do amor. E passam a se reencontrar em futuras reencarnações, nos caminhos da vida: na escola, no trabalho, no lar, estreitando progressivamente esses laços de união, enfim, em qualquer lugar onde seja necessário estar junto a fim de continuar a escalada espiritual.

— Nosso Mestre Lionês Allan Kardec, em *O Evangelho Segundo o Espiritismo*, cap. XIV, item 08, ensina que existem duas espécies de família:

> As famílias unidas pelos laços espirituais e as famílias unidas pelos laços corporais. Enquanto as primeiras se fortalecem pela purificação e se perpetuam no mundo dos espíritos por meio das diversas reencarnações, as segundas, formadas apenas pelos laços corporais, muitas vezes sucumbem diante das adversidades e dos obstáculos da vida.

— É importante ainda não esquecer que em uma mesma família reencarnam somente espíritos simpáticos, que já vivenciaram há tempos relacionamentos anteriores de afeição mútua, fortalecendo ainda mais os laços espirituais, mas também espíritos estranhos uns aos outros, advindos, muitas vezes, de relações de antipatias ou ódio.

— Mas, essas uniões difíceis no seio de uma mesma família têm um duplo objetivo: provas para uns e adiantamento para outros.

— Não é incomum encontrarmos em uma família unida fraternalmente, um integrante que destoa por suas atitudes menos fraternais. É aí que entra a Sabedoria Divina que coloca esse membro nesse lar para servir de prova para aqueles que o recebem, a fim de auxiliá-lo e de dar adiantamento para esse irmão ainda renitente em suas faltas, que aprenderá com os demais integrantes da família a conviver fraternal e amorosamente com outros irmãos de jornada.

A essa altura, um senhor, trabalhador do Centro Espírita, perguntou:

— Amigo Octávio, Jesus falou sobre família?

— Como não, caro amigo! Nosso Mestre e amigo Jesus não perdia nunca a oportunidade de nos ensinar, pois sabia do pouco tempo que teria para isso, portanto, constantemente mostrava a Sabedoria Divina em tudo em nossas vidas.

— Certa feita, Jesus estava reunido na casa de um de seus apóstolos e lá havia grande massa popular, até mesmo fora da casa, que iam beber sabedoria na fonte das palavras do Governador Planetário de nosso mundo. Em determinado momento, chegaram a Jesus e lhe disseram que sua mãe e seus irmãos estavam do lado de fora querendo entrar, ao que o Mestre respondeu: "Quem é minha mãe? E quem são meus irmãos?" E, abrindo os braços como que a abraçar a todos que ali estavam, continuou: "Eis aqui minha mãe e meus irmãos. Porque aquele que fizer a vontade de Deus, esse é meu irmão, e minha irmã, e minha mãe."

— Então, Jesus renega sua mãe e seus irmãos? — perguntou novamente o senhor.

Nesse momento, fez-se grande silêncio no salão, todos atentos à resposta que Octávio daria, alguns até mesmo achando que talvez ele não tivesse a resposta para essa pergunta, que era de muitos.

Mas, Octávio, estudioso da Doutrina Espírita e da missão de Jesus, não se abalou e, serenamente, esclareceu ao irmão e a todos que ali estavam, encarnados e desencarnados.

— Claro que não, irmão. Jesus em nenhum momento de sua passagem messiânica pela Terra contradisse qualquer um de seus ensinamentos. Ele devotava amor enorme por sua família terrena e, principalmente, por Maria, sua mãe, espírito de alta envergadura moral e espiritual que, missionariamente, o recebeu por filho.

— Jesus deixou claro a todos que ali estavam que a sua família ia além daquela formada no plano material, e que a verdadeira família é aquela formada na espiritualidade e engloba todas as pessoas, toda a humanidade.

— À medida que evoluimos moral e espiritualmente, compreendemos que todos somos irmãos e, portanto, devemos pautar nossas atitudes pelo amor fraterno e recíproco entre todos.

— Nosso corpo material procede do corpo material, ou seja, somos descendentes geneticamente falando de nossos ascendentes, nossos pais, avós etc. Mas, espiritualmente, somos descendentes de nós mesmos, de tudo o que amealhamos ao longo de nossas inúmeras existências.

– Recorramos mais uma vez ao *O Evangelho Segundo o Espiritismo*, cap. XIV, item 08, que diz que "O corpo procede do corpo, mas o Espírito não procede do Espírito, porquanto o Espírito já existia antes da formação do corpo." É a chamada hereditariedade espiritual, que carregamos a cada nova oportunidade na carne, quando trazemos uma gama de experiências adquiridas em vidas passadas, sejam elas boas ou más.

– Irmãos, fazemos parte de uma grande família, a família humana, e nos reunimos temporariamente em nossas famílias corporais para receber no seio de nossos lares irmãos com os quais temos o compromisso de auxílio mútuo.

– Portanto, caros amigos, não devemos perder a chance de semear a fraternidade, a união, o perdão, o amor dentro de nossa casa, reduto de aprendizado moral e espiritual, que nos vale para nosso crescimento próprio e para o crescimento daqueles que viajam conosco pela mesma estrada, a estrada da vida.

– E encerremos com as sábias e edificantes palavras de nosso amigo da espiritualidade, Emmanuel, que assevera: "Temos no instituto doméstico uma organização de origem Divina, em cujo seio encontramos instrumentos necessários ao nosso próprio aprimoramento para a edificação de um mundo melhor."

– Obrigado e muita paz e luz a todos.

Capítulo 24

Derradeiro encontro

Alguns dias se passaram e em uma tarde de sexta-feira o smartphone de Helena recebeu algumas mensagens de Breno. Ele, gentilmente, perguntava como ela estava e dizia querer vê-la novamente. Já havia passado pouco mais de dez dias do encontro dos dois e ela nem estranhou o contato e decidiu ignorar as mensagens. Costumava lidar muito bem com o assédio dos rapazes, pois sabia que seu porte físico e seus traços chamavam atenção.

Já naquela noite, após ignorar várias mensagens de Breno, o telefone dela tocou.

— Pô, gata! Tu tá me desprezando?

— Oi, Breno! Não é isso. Tô cheia de trampo da facul e não dá pra ficar respondendo mensagens.

— Então? Não quer sair comigo neste fim de semana? A gente pode jantar, ir ao cinema e, de repente, sabe, né?

— A semana que vem vou ter provas. Preciso estudar. Não vai dar não.

— Uma saidinha rápida, vai? Vou confessar pra você, Lena. Ficamos juntos daquela vez e não consigo esquecer. Não quero ficar com nenhuma outra garota.

— Que é isso, Breno? Apaixonou? Se liga, meu! Você propôs o trato que a gente ficava junto e nada de ficar gamadinho um no outro. Não lembra?

— Pois é, gata! Acho que me amarrei!

— Sinto muito. Não quero compromisso. Não quero enrosco com ninguém. Desculpa! Nada pessoal.

Helena, mude sua história!

— Tá bom. Mas pelo menos vamos sair. Fica comigo um pouco nesse fim de semana.

— Vou pensar, Breno!

— Eu até estava a fim de melhorar seu estoque. Vê aí, gata. Você só fica sem pó se quiser.

Helena não titubeou. Apesar de ter um estoque que daria para mais uma semana ela respondeu:

— Amanhã é sábado! Se você quiser, a gente sai à noite, então!

— Falei a palavra mágica: pó! — disse Breno e caiu em uma gargalhada.

— Não é só isso, Breno! Você é um cara legal, com boa aparência, apesar de parecer um moleque menor de idade. Uma companhia agradável.

— Sei, gata! Tá bom... Vou acreditar. Então, posso te pegar aí às oito? O "Bola" tá alugando o carro pra mim.

— Fechado.

Breno e Helena encontraram-se no horário combinado e por iniciativa dela foram direto a um motel. Prática e objetiva, ela disse para o rapaz que sabia que no fundo ele desejava terminar a noite por ali. Por esse motivo, alegou que ganhariam mais tempo.

Os dias foram passando e os dois continuaram a se encontrar em outras ocasiões. Se dependesse dele, os encontros seriam mais frequentes, porém Helena era quem dava as cartas, por perceber que o rapaz estava cada vez mais envolvido com ela.

E por ter frequentemente um estoque razoável de cocaína, Helena, aos poucos, aumentou o consumo, e quando se deu conta se drogava diariamente. Para ela não havia mais problemas, pois conseguia a droga que queria do seu parceiro. Em um dos encontros ele falou:

— Então, gata. A gente tem ficado bastante, mas eu queria ter uma vida mais social com você. Queria algo diferente desse negócio de ficar só indo em motel.

— Desculpa, Breno, mas já falei que não quero nada sério. Tá tudo bem assim...

— Pô, Lena. To amarrado em você. Meus negócios tão indo cada vez melhor. Tô ganhando cada vez mais. Posso te dar tudo de bom.

— Eu sei, Breno! Mas não quero, não! A gente continua saindo e ficando, mas parando por aí. Tenta me entender, mano.

Breno ficou desolado. Pensava em dar outra investida em Helena, nos próximos encontros, mas o destino o surpreendeu. Um dia, recebeu na comunidade duas lindas garotas que, levadas por uma conhecida dele, foram em busca de cocaína. Uma delas, de rara beleza, mostrou-se muito amável, simpática e graciosa para ele, que se encantou rapidamente. Não demorou muito para eles trocarem os contatos e começarem a sair juntos. Depois daquele dia, nunca mais procurou Helena.

As semanas se sucediam, e Helena consumia seu estoque diariamente até que, ao perceber que tinha droga somente para mais um dia, mandou mensagens de texto para Breno, que não respondeu. Aproximadamente às oito horas da noite, ela resolveu ligar para ele.

— Breno? Você sumiu?

— Pois é, Lena! Você me dispensou e agora tô em outra!

— Como assim te dispensei? Falei que poderíamos ficar juntos quando quisesse, só não queria nada sério.

– O que manda?

– Meu pó tá acabando, Breno!

– Se quiser comprar, venha buscar.

– Comprar? E o nosso acordo?

– Acabou, gata. Tô em outra. Tô amarradão e não quero traição. Quer ver? Ela tá aqui do meu lado. Pera aí.

Helena ouviu uma voz feminina dizer:

– Oi, Lena! É Soraya, namorada do Breno! Pode ligar pra ele se for pra comprar pó! Nada mais, ouviu, querida?

Helena emudeceu e, após alguns segundos, ouviu novamente a voz de Breno:

– Está entendido, então, Lena? Relações agora, só comerciais. Lembranças, Lena! Valeu.

Breno desligou o telefone, e Helena ficou sem ação. Seu mundo desmoronou. Percebeu que estivera nessa vida de "garota de aluguel" do traficante Breno por quase quatro meses e que nesse período sua dependência química tinha aumentado. Precisava se drogar diariamente. Olhou para o esconderijo no seu quarto e viu somente o último papelote. Naquele dia, não tinha ainda se drogado e não teve dúvidas: abriu, juntou tudo em cima de uma mesa de vidro que havia no seu quarto e fez várias carreiras para começar a cheirar. Pensou, primeiramente, em inalar a quantidade que estava à sua frente, para depois resolver como conseguir mais. Sua fonte tinha se esgotado, mas ela tinha ciência de que sem dinheiro não obteria mais droga. Estava sem saída!

Capítulo 25

Amparo

Naquele exato momento, Maristela e Inês saíam juntas da câmara de passes do Centro Obreiros da Nova Era. Pouco antes, as duas amigas assistiram a uma breve palestra realizada por Octávio acerca de um tema anteriormente abordado. Por insistentes pedidos dos frequentadores daquela Casa, o simpático senhor falou novamente sobre "Perturbação e Obsessão".

O tema era oportuno. Após receberem o passe, as duas distintas senhoras aguardaram o movimento da Casa diminuir para trocar algumas palavras com Octávio. Já bastante familiarizado com Inês, o simpático senhor docemente perguntou:

— O que a aflige, minha irmã? Durante a palestra, eu percebi pelo seu olhar que queria falar comigo.

— Minha filha! Ela está chegando ao fundo do poço.

— Sua filha Helena! Eu me lembro muito bem que vocês estiveram juntas por duas vezes nesta abençoada Casa. Hoje, falei um pouco de obsessão e creio que ela talvez esteja em processo de obsessão, dentre outros problemas que enfrenta.

— Estou desesperada, Octávio. Não sei mais o que fazer. Acho que agora a droga tomou conta dela.

— Vou orar por ela ainda hoje. Preciso primeiro trocar uma palavra com outras pessoas daqui que desejam falar comigo. Tenham fé que os momentos difíceis serão superados.

As duas senhoras despediram-se calorosamente de Octávio e saíram. Maristela, que estava de carro, levaria a amiga Inês para casa.

Helena, mude sua história!

* * *

Helena estava prestes a consumir a droga ali preparada, quando, de repente, surgiram Tico, Heitor e Juca. Os mesmos incentivos de outrora se fizeram presentes com sussurros dos seres invisíveis aos ouvidos da bela jovem. Cena essa que se repetia todas as vezes em que ela consumia tais substâncias, ora com os já conhecidos obsessores, ora com outros, também pertencentes às regiões de frequências inferiores. Ela, então, começou a cheirar vagarosamente a primeira carreira, sob os aplausos eufóricos de Tico, que liderava o pequeno grupo. Imediatamente, os invisíveis obsessores vampirizaram a jovem, absorvendo as sensações provocadas pelo efeito da cocaína.

* * *

Octávio, naquela noite, se preparava para fechar as instalações do Centro Espírita. Assim, apagou todas as luzes e, prestes a sair, passou em frente a uma imagem de Jesus que havia perto da entrada e, ao vê-la, lembrou-se do recente diálogo com as distintas senhoras Inês e Maristela. Lembrou-se da jovem Helena que necessitava de amparo. Olhou, então, fixamente para aquele quadro e começou a orar.

"Querido Mestre. Obrigado pela oportunidade de servir e com isso aprender um pouco mais acerca das palavras contidas no Seu Evangelho. Que este atributo a mim concedido possa, nas minhas abençoadas falas desta Casa, de alguma forma, contribuir para tantos e tantos irmãos que necessitam de algum amparo. Que Vossa vontade prevaleça e que os exemplos de Sua jornada terrena inspirem nossos irmãos que ainda caminham em terrenos obscuros mergulhados no marasmo e na ignorância.

Rogo para que as mentes de nossos irmãos se abram um pouco a cada dia para que esse nosso mundo de provas e

137

expiações comece sua tão desejada transformação. Vibro para tantas almas aflitas, para os doentes nos hospitais, para os enfermos abandonados, para os presidiários, para os miseráveis, para os dependentes químicos e para todos aqueles que hoje se encontram em provas expiatórias. Que através da Sua Suprema vontade sejam despejadas bênçãos de esperanças e coragem para tais criaturas.

E, neste momento, se for de Sua permissão, reforço minha rogativa para que Helena, filha da nossa irmã Inês, frequentadora desta Casa, seja amparada pelos benfeitores do bem. Que essa bela jovem, assim também tantas outras encarnadas no nosso mundo e que enfrentam esse problema, recebam o amparo por meio da luz espiritual, e que assim suas mentes sejam abertas para a verdade. Obrigado, Mestre, por ouvir minhas humildes rogativas!"

* * *

Helena, razoavelmente entorpecida, estava pronta para cheirar a última carreira. Foi quando uma legião de benfeitores, invisível aos olhos dela, chegou, envolvendo todo o ambiente com energia de muita paz, amor e tranquilidade. Estavam dez entidades, todas vestidas de branco. A primeira atitude foi criar uma espécie de barreira magnética, com o fim de isolar a jovem dos obsessores que ali compareciam. Para tal, criaram uma grande aura em seu entorno.

Gradativamente, Tico, Juca e Heitor passaram a visualizar o espetáculo e a notar a jovem envolvida por significativa luz, que lhes dava a impressão de ter as vistas ofuscadas por tamanha claridade. Antes de qualquer atitude, eles perceberam todo o ambiente esvoaçado, repleto de uma espécie de neblina branca, típico de um dia de serração em cidade londrina. E naquele cenário, eles puderam constatar a presença de homens e mulheres trajados com vestimentas brancas e semblante de paz e alegria, que se aproximaram deles, subdividindo-se em duplas, cada um se responsabilizando por um deles, para um diálogo franco e sincero.

Do grupo de benfeitores, quatro deles cercaram a jovem Helena que, sem entender o motivo dos seus próprios pensamentos, naquele momento pouco diferenciado, pensou consigo mesma: "Chega! Quero mudar de vida! Não aguento mais isso!"

Como num piscar de olhos, a jovem encheu os pulmões de ar e deu forte assopro na carreira de cocaína. Aquela substância dissipou-se completamente, espalhando-se pelo ar. Em seguida, Helena sentou-se na cama e parecia ouvir as vozes dos benfeitores invisíveis a lhe falarem:

– Helena, minha filha! Você necessita de ajuda! Ou você desperta para a vida, ou irá desperdiçar essa oportunidade reencarnatória. Reflita, querida! Estamos aqui, primeiramente para afastar de você nossos irmãos obsessores que estão distantes da verdade e por isso te vampirizam impiedosamente. Mude sua história, Helena! Eleve sua faixa vibratória e atraia para junto a você criaturas sintonizadas com propósitos maiores.

Contudo, a jovem, estática, refletia, do mesmo modo que o fizera das vezes anteriores, acerca do mal que estava causando a si mesma. Muitos pensamentos vieram à sua cabeça, e a "viagem" que ela imaginava muito prazerosa, tornara-se triste e reflexiva. Lembranças de sua infância, da época em que era bem pequena, surgiram à sua mente, e tal qual um rápido *flashback* ela pôde, naqueles segundos, reviver todo um passado triste, quando, na tentativa de buscar algo mais em sua vida, optou pelo uso de tais substâncias.

Ainda que não desejasse viver aquele tipo de situação, Helena tinha consciência que se tornara uma dependente química. A jovem começou, então, a chorar sozinha no quarto.

Entre soluços e lágrimas pensava: "Não quero mais isso para mim. Preciso me libertar! Mas como? Não consigo ficar sem! Preciso de ajuda. Será que devo me abrir com minha mãe? Acho que somente ela pode me ajudar..."

As quatro iluminadas entidades, que cercavam a bela jovem, insistiam em lhe enviar palavras encorajadoras. Enquanto isso, as demais duplas envolviam os espíritos obsessores e os retirava do ambiente. Tentariam encaminhá-los para um tratamento espiritual.

Helena, em choro intermitente, permanecia mergulhada em seus pensamentos. A recente visita dos amigos benfeitores havia surtido efeito. A bela jovem, determinada e de personalidade forte, assumiria para a mãe a dependência química e aceitaria ajuda.

Capítulo 26

No astral

O líder Ahrmed e mais nove benfeitores acabavam de regressar de uma rápida missão no planeta Terra. O grupo pertencente a uma morada de muita luz, localizada nas imediações do globo terrestre, possuía várias atribuições, sendo a principal delas a missão de auxiliar obsessores que vampirizavam jovens encarnados. Aquele dia fora especial para os missionários, pois entre eles havia dois visitantes de outra morada para aquela missão: Rodolfo e Mafalda. O chefe da expedição, por saber previamente que seu grupo ampararia uma jovem que tivera laços carnais com os dois, prontamente, convidou-os para participar.

Após a missão bem-sucedida, Rodolfo fez questão de agradecer Ahrmed.

— Não tenho palavras, nobre benfeitor! Obrigado por nos ter inserido nessa missão. Eu e Mafalda, além de atentos à nossa Helena, bem que tentamos por algumas vezes intervir nesse grupo de obsessores, mas sem êxito. Em uma das vezes, conseguimos mostrar para Heitor um caminho mais iluminado, porém ele voltou à crosta terrestre e se uniu novamente aos seus amigos distantes da verdade.

— Nossa missão não termina agora, Rodolfo. Nosso grupo continuará vigilante para que esses três irmãos sofredores possam, enfim, iniciar tratamento por aqui. Eles já estão sendo encaminhados para um Hospital Espiritual na nossa morada. No que depender de nós, eles ficarão aqui até adquirir discernimento razoável da nossa vida espiritual.

— Que Deus abençoe o trabalho de vocês, Ahrmed.

— O nosso trabalho, meu irmão! O nosso! Você está conosco. Lembre-se disso.

— É uma alegria poder colaborar. E perceber que Helena, lentamente, tem se conscientizado, é motivo de agradecimento ao Pai Maior.

— Sim, Rodolfo. Agradeçamos sempre! Hoje conseguimos ler suas formas-pensamentos após nossa intervenção e ela está decidida a procurar ajuda.

— O passo inicial para que um dependente químico vença seus vícios é ter a consciência de sua situação para, em seguida, buscar ajuda.

— Creio que tenha sido dado um grande passo a fim de que essa reencarnação dela não seja desperdiçada.

— E quero exaltar o trabalho de vocês, que também em missões de auxílio intervieram algumas vezes por ela. Apesar das energias obscuras atraídas por ela, vocês vêm fazendo um bonito papel. Diríamos que as formas-pensamentos que agora ela emana são o resultado de um trabalho que não começou hoje.

— Agradecemos sempre a Deus por termos sido úteis.

— Sim. É uma somatória de esforços. Vocês, que estiveram por algumas vezes na crosta em missões de auxílio; nosso grupo, que atuou há pouco; além das preces emanadas por irmãos encarnados, que sempre são o combustível para que tantos benfeitores de luz por lá atuem. Helena poderia ter desencarnado se assim não fosse.

Felizes, Rodolfo e Mafalda despediram-se de Ahrmed e do restante do grupo. Em seguida, rumaram para sua morada. Começaria a partir daquele dia nova fase, não somente para a jovem Helena, mas também para alguns obsessores desencarnados.

Capítulo 27

Decisão

Inês chegou por volta das nove e meia da noite e, ao entrar, perguntou em voz alta, como usualmente fazia, se Helena estava em casa. Sem resposta, caminhou pelo apartamento à procura da filha. Ao perceber seu quarto fechado, bateu na porta. Uma vez, duas vezes, e por não ouvir resposta, resolveu entrar. Deparou-se com a jovem sentada no chão, encostada em uma das paredes, com olhar triste e semblante de quem havia chorado.

– Minha filha, o que aconteceu?

– Mãe. Não aguento mais essa minha vida. Preciso te falar muitas coisas, mãe. Senta que a conversa é longa...

A primeira reação de Inês foi sentar-se no chão mesmo, ao lado da filha e, lentamente, acariciar os seus longos cabelos. Com água nos olhos, Inês falou:

– Sou sua mãe e estou sempre ao seu lado, meu amor. Eu te amo!

Helena começou a chorar pelo gesto da mãe. Seu olhar, sua atitude de se sentar despreocupadamente ao seu lado, o momento que vivenciava e suas últimas palavras levaram-na às lágrimas.

– Mãe, eu fiz tudo errado nesta vida!

– Vamos fazer um novo fim. Nosso querido Chico Xavier nos ensinou que ninguém pode voltar atrás e fazer um novo começo, mas qualquer um pode recomeçar e fazer um novo fim.

— Mãe, eu sou uma dependente química. A senhora sabe disso. Não consigo ficar sem a droga. A senhora nem queira saber o que eu fiz nos últimos meses para conseguir isso. Agora estou numa pior, porque minha única fonte secou e sei que o corpo vai continuar pedindo. Como faço agora, mãe?

— O Centro Espírita poderia até te ajudar, mas acho que você precisa ficar isolada disso tudo. O que vou falar agora será duro para você e também para mim, mas a única forma que vejo é sua internação em uma clínica. Trancamos sua faculdade pelo tempo que for necessário.

Helena respondia com choro. Sabia, intimamente, que a mãe estava certa. Ela mesma admitiu.

— Quero largar isso, mãe! Hoje consumi meu último papelote. Tenho certeza de que se eu tentasse parar por conta própria, em dois ou três dias eu estaria subindo pelas paredes para ter novamente a droga. Me ajuda, mãe!

— Você quer realmente ser ajudada, Helena?

— Sim, mãe. E como quero. Só não quero retaliação sobre meu passado. Não sei por que cheguei a esse ponto... Talvez por querer fugir de mim mesma, por me sentir fraca, pela curiosidade, pela minha imaturidade... Não sei! Talvez por autoafirmação ou até por propensão genética! Não quero culpar papai, que já não está mais aqui, mas sei que ele era alcoólatra, mãe. Não sei por que me tornei uma viciada, mãe. Mas como a senhora disse, vamos escrever um novo fim.

Após suas últimas palavras Helena caiu em choro copioso, quase tirando o equilíbrio emocional de Inês. Aquela reação da filha a deixou surpresa. Não sabia o que dizer. Seu gesto, então, foi, mais uma vez, o de acariciar os cabelos da jovem. Passados alguns segundos, completou:

Helena, mude sua história!

— Sempre estarei ao seu lado, minha filha! Nunca irei condená-la pelos seus atos passados. No lugar que frequento, agora tenho aprendido bastante sobre o perdão.

— Mãe! Vou confessar que tem uma coisa que o coroa falou aquela primeira vez que fui lá, ele falou que entender a grandeza de Deus seria como colocar todas as águas do nosso planeta em um único copo. Deus existe mesmo, minha mãe?

Inês tentou novamente segurar sua emoção, porém as lágrimas teimavam em saltar de seus olhos...

— Lógico que existe, minha filha! Nunca estivemos sozinhos!

— Então, mãe. Aquela frase ficou na minha cabeça e por causa disso eu quis voltar lá outra vez, lembra? Fomos, e o coroa falou sobre filhos, que também achei da hora. Eu tava abrindo a mente pra aquilo, mas o vício venceu e não fui mais. Não sei se a senhora me entende!

— Claro que sim, minha filha. O que importa é que chegou o seu momento de despertar!

As duas se abraçaram de forma nunca vista e combinaram que no dia seguinte Helena estaria de malas prontas para um tratamento. Mãe e filha continuaram a conversar acerca dos momentos mais difíceis enfrentados pela jovem, que por vontade própria relatou com pormenores como vinha se drogando nos últimos meses. Falou também do relacionamento com Breno.

Inês, de forma compreensiva, procurou não condenar os atos pretéritos da filha. Sabia que o momento era de apoio. Terminada a conversa, Inês ligou para a amiga Maristela, para deixá-la a par do ocorrido que, prontamente, indicou uma clínica para a internação de Helena. Nas primeiras horas do dia subsequente, a bela jovem teria nova casa.

Capítulo 28

Desdobramento

No dia seguinte, Inês, com a ajuda da amiga Maristela, cuidou de todos os pormenores para a internação de Helena em uma clínica especializada em tratamento de dependentes químicos. O planejamento feito pelos médicos seria um tratamento de desintoxicação, que duraria cento e oitenta dias. As duas senhoras foram prevenidas de que a jovem ficaria totalmente isolada dos familiares e somente após trinta dias receberia, uma vez por mês, curtas visitas de familiares.

Ao deixar a filha na clínica e se despedir, Inês chorou copiosamente nos braços de Maristela, que a conformou.

– Pense que é para o bem dela, minha amiga!

– Eu sei, Maristela! Eu sei. Mas me doeu no coração deixá-la no meio de pessoas estranhas para mim. Por melhor que sejam as intenções deles, o sentimento de mãe fala mais alto.

– Imagino, Inês. Mas pense que sua filha não estará sozinha. O amparo do Alto está sempre presente. Lembra o que tem aprendido no nosso Centro? Pois, então. Seja forte! Ela sairá daqui bem melhor do que está hoje.

Inês concordou somente pela expressão facial. Maristela a abraçou de modo muito solidário. Nesses meses vindouros, ela estaria ainda mais presente na vida de Inês, com o intuito de preencher a ausência de Helena.

***

Passada uma semana, Inês, em uma terça-feira na parte da manhã, ligou para a amiga.

— Hoje liguei para a clínica e a única informação que eles dão é que ela está bem. O pessoal de lá é muito monossilábico para o meu gosto.

— Eles, certamente, devem ter uma metodologia e não costumam detalhar os pormenores para os familiares. Já pensou se a cada espirro que ela desse, eles te ligassem? Tente não pensar bobagens, Inês. Confie neles e desligue. Ela tem o amparo de lá e também do Alto.

— É verdade, amiga. Vou tentar seguir seu conselho.

— Isso mesmo, relaxe. Vamos hoje ao Centro Espírita, teremos uma bela palestra de Octávio, que nos falará sobre "Arrependimento e Reparação."

— Vamos, sim!

* * *

No fim da tarde daquela terça-feira, na clínica onde Helena estava internada, ela começou a sofrer grande crise de abstinência, e por consequência a destratar os funcionários. Passados alguns minutos, a jovem foi perdendo o controle, e os médicos optaram por aplicar uma injeção sonífera. Os profissionais daquele local já estavam acostumados com esse tipo de situação. Sabiam que a paciente teria um sono prolongado de muitas horas e poderia acordar melhor.

* * *

Naquela noite, Rodolfo e Mafalda foram procurados pelo líder Ahrmed, que organizaria uma missão de auxílio e desejava a participação dos dois.

— Eu e meu grupo temos uma tarefa e gostaríamos que vocês participassem. Iremos à crosta terrestre em poucos minutos, porém nossa missão será diferenciada. Iremos ao Centro Espírita Obreiros da Nova Era e levaremos conosco Helena, desdobrada em sono físico, para que possa, com esse contato e com todas as entidades espirituais que por lá já estão, no preparo da Casa para a palestra de logo mais, ganhar novos fluidos terapêuticos para seu tratamento na clínica.

— É uma alegria mais uma vez participar dessa tarefa, Ahrmed. Ainda mais se tratando de nossa querida Helena. Além do que, Obreiros da Nova Era é um velho lugar conhecido, tanto para mim quanto para Mafalda.

— Primeiramente, vamos à clínica ajudar cuidadosamente Helena a se desdobrar do seu corpo físico, que dorme sob os efeitos de soníferos tranquilizantes. Em seguida, ela vai nos acompanhar.

E assim foi feito. O grupo de benfeitores chegou ao quarto onde dormia a jovem e retirou, cuidadosamente, o corpo astral que flutuava algumas dezenas de centímetros acima do corpo físico. Abraçaram carinhosamente o corpo já desdobrado da jovem, que se sentia em estado semi-hipnótico, com olhar perdido, porém com semblante calmo. O grupo ainda observou que o cordão prateado que ligava seu corpo espiritual ao corpo físico permanecia denso e luminoso, o que mostrava a vitalidade do seu corpo físico, apesar de tudo o que ela vinha passando.

Os benfeitores, conduzindo Helena, volitaram da clínica até o Centro Espírita. Ao chegarem às imediações, puderam visualizar várias entidades espirituais operando perfeita segurança do local, isolando-o de energias intrusas e obscuras, muito frequentes na crosta terrestre.

Antes de adentrarem o ambiente foram calorosamente cumprimentados pelos trabalhadores que guardavam o local. Ahrmed, de elevada condição espiritual, era muito respeitado por todos. De forma muito humilde, ele saudava a todos com carinho e alegria.

Helena, mude sua história!

Helena presenciava toda a cena com fisionomia de satisfação, no entanto, permanecia em silêncio. Apenas observava e captava as informações. Mafalda, vez ou outra, tecia algum comentário sobre as coisas que aconteciam: a volitação, a chegada ao Centro Espírita, os benfeitores espirituais que ali trabalhavam e outros detalhes que não passavam despercebidos da trabalhadora espiritual.

A viagem astral de Helena ao Centro, no entanto, tinha duas finalidades: a primeira era incutir em sua mente conteúdos referentes à palestra que seria proferida por Octávio. E a segunda finalidade consistia em transmitir ao seu corpo físico, por meio de eflúvios salutares, uma ação terapêutica para o momento de abstinência pelo qual ela estava passando. Afinal, enquanto ela em espírito estava desdobrada, seu corpo físico estava adormecido em decorrência de soníferos. Nenhuma substância entorpecente. No dia seguinte, ela acordaria melhor.

Capítulo 29

Arrependimento e reparação

Inês e Maristela estavam acomodadas no auditório à espera de Octávio que, em breve, pronunciaria mais uma palestra. O que elas não poderiam imaginar é que havia número considerável de espíritos desencarnados ali presentes, bem como irmãos encarnados em desdobramento, a fim de se desenvolver e se aprimorar. Não apenas Helena ali estava, sem que as duas distintas senhoras soubessem, mas várias criaturas desdobradas, de diversos cantos do globo, de outros países e de outros continentes.

Pontualmente, às vinte horas, Octávio entrou na sala com um semblante de muita alegria e saudou os presentes.

– Boa noite a todos, que a paz do Mestre Jesus nos envolva nesta noite e em todos os momentos de nossas vidas.

Após ligeira pausa, Octávio continuou:

– Hoje, caríssimos irmãos, abordaremos o tema "Arrependimento e reparação." Arrependimento pelas nossas faltas, nossos erros e a maneira como vemos a reparação desses mesmos equívocos. Para iniciarmos, vejamos três formas de interpretação do que é o arrependimento.

> Segundo a Lei Humana, o arrependimento é o sentimento de pesar causado pela violação de uma lei ou de uma conduta moral. Já do ponto de vista religioso é o sentimento de pesar em virtude de uma falta cometida por atos, palavras ou pensamentos. E, finalmente, para os espíritos mais elevados na hierarquia espiritual, o arrependimento 'sincero' constitui elevada conquista do sentimento humano.

Helena, mude sua história!

— Podemos, a partir daí, começar a perceber que as duas primeiras, a interpretação das leis humanas e religiosas, ainda que válidas e necessárias, não atingem a plenitude que aquela interpretada por nossos benfeitores espirituais. E por quê? Porque o arrependimento, quando sincero, é uma medida de quanto estamos crescendo, evoluindo.

— Existe um ditado popular que diz que: "errar é humano, mas persistir no erro é..."

Nesse momento algumas pessoas presentes responderam em uníssono:

— Burrice. — Arrancando risadas na plateia. E Octávio, então, continuou:

— Eu diria, amigos, que errar ainda faz parte da condição humana atual e que prosseguir nele é primitivismo. Primitivismo porque ainda vivemos essa fase entre o certo e o errado, entre o primitivo e a ascensão espiritual.

— Quanto mais crescemos espiritual e moralmente, mais o arrependimento vem em forma de conscientização e responsabilidade. Conscientização de que, imperfeitos que ainda somos, erramos, e do conhecimento que já temos que nos capacita a sermos responsáveis por nossos atos. Isso nos leva à conclusão de que o arrependimento é uma ferramenta de nossa consciência, que hoje nos cobra reparações pelos erros cometidos.

Nesse momento, uma jovem sentada logo à frente, no salão repleto de ouvintes, perguntou ao amigo palestrante:

— O arrependimento é a mesma coisa que remorso?

— Muito bom esse seu questionamento, minha cara. Posso lhe afiançar que não. O remorso, quando não passa logo,

151

martiriza, destrói ou emperra nossas atitudes, impedindo-nos de corrigir nossos erros, ao passo que o arrependimento mostra-nos o caminho para repararmos a falta cometida. E isso porque não conseguimos enganar nossa consciência.

Octávio observou a fisionomia da moça e de todos os presentes e, após ligeira pausa, prosseguiu em sua explanação:

— Muitos de nós aqui presentes, senão a maioria, viemos das correntes religiosas católicas, quando era comum nos "confessarmos" com o padre da Igreja que frequentávamos. Contávamos ao padre as nossas faltas cometidas desde a última confissão. E é claro que, muitas vezes, enganávamos o padre não contando alguns erros ou minimizando outros tantos. Pois é, amigos, o padre eu engano, mas a minha consciência não consigo enganar.

— E sabem por quê? Porque o arrependimento é um ato de foro íntimo, não direcionado a ninguém, mas uma confissão de nós para conosco mesmos. É o primeiro passo para a regeneração. Mas, ainda que o arrependimento seja, e claro que é importantíssimo para a reparação de uma falta cometida, somente ele não basta. É necessário reparar o erro por meio do bem a quem fizemos o mal.

— Mas e quando não dá mais para fazê-lo, por talvez não termos mais contato com a pessoa por nós ofendida? – questionou um senhor de idade já avançada.

Então, Octávio respondeu:

— Deveremos fazê-lo por meio do bem a outros. E também por meio do pensamento benfazejo e da oração, direcionados a quem fizemos o mal. E claro, finalmente, não cometermos mais o erro, porque senão entraremos em um círculo vicioso de errar e arrepender, errar novamente e arrepender ainda mais uma vez e por aí vai, até percebermos o tempo que perdemos em nossa escala espiritual.

Helena, mude sua história!

— Irmãos, é necessário mudar a nossa forma de agir e cultivar uma conduta espírita. Não sermos orgulhosos, sermos mais humildes, menos austeros e mais amáveis, trocarmos o egoísmo pela caridade desinteressada, agirmos com menos perversidade em nossos julgamentos e cultuarmos a bondade de pensamentos, sermos menos ociosos e mais úteis para a vida.

— Nosso codificador da Doutrina Espírita, o mestre de Lyon, Allan Kardec, alertou-nos no livro *O Evangelho Segundo o Espiritismo*: "Reconhece-se o verdadeiro espírita por sua transformação moral e pelos esforços que faz para domar suas más inclinações." Quando nos esforçamos por não mais incorrer em erros passados ou, ao menos, cometê-los com menos intensidade e frequência, significa que grande mudança de conduta ocorreu em nossas vidas. E continua Kardec explorando a problemática do erro e da reparação quando, na pergunta 171, de *O Livro dos Espíritos* questiona os benfeitores da espiritualidade acerca da base que funda o dogma da reencarnação. Ao que os espíritos respondem: "Sobre a justiça de Deus e a revelação, pois não nos cansamos de repetir: um bom pai deixa sempre aos filhos uma porta aberta ao arrependimento."

— Portanto, caros amigos, aproveitemos essa porta aberta que o Pai da Vida nos deixa para trabalharmos o arrependimento e a reparação das faltas cometidas ao longo de nossa jornada.

— Há uma fábula que talvez ilustre com bastante clareza a importância da vigilância a fim de pensarmos muito antes de cometermos uma ação contra um companheiro de jornada.

Octávio colocou o óculos de leitura que estava no bolso frontal de sua camisa e começou a ler de forma cativante:

"Um pai amoroso, depois de aconselhar várias vezes o filho rabugento e respondão, sem lograr êxito, resolveu chamá-lo para uma conversa. O filho logo imaginou que sofreria uma repreensão severa, mas não houve nada disso. O pai muito tranquilo lhe falou:

Eu percebo que você não tem ideia do que é a sua conduta. Mas pensei em algo que poderá lhe mostrar isso muito bem. É uma brincadeira, mas poderá ajudá-lo a refletir acerca de seus atos e das consequências que deles resultam.

Apresentou ao filho uma tábua lisa e bonita e lhe disse:

Veja, meu filho, temos aqui uma tábua nova, lisa e em perfeitas condições. Todas as vezes que você desobedecer ou praticar uma ação indevida, espetarei um prego nela.

Pobre tábua! Em breve tempo estava crivada de pregos!

Mas, a cada vez que o filho ouvia o pai batendo o martelo, sentia um aperto no coração.

Não era só a perda daquela tábua tão bonita, mas também a humilhação que ele mesmo se infringia.

Até que um dia, quando já havia pouco espaço para outros pregos, o garoto se compadeceu da tábua e desejou sinceramente vê-la nova, bonita e polida como era.

Correu para seu pai e falou-lhe do seu desejo, e o pai lhe fez outra proposta:

Cada vez que você se comportar bem, em qualquer situação, eu arranco um prego. Vamos experimentar.

Os pregos foram desaparecendo até que, ao fim de certo tempo, não havia nenhum. Mas o menino não ficou contente, pois reparou que a tábua, embora sem os pregos, guardava as marcas deles.

O pai, percebendo a indignação do filho, esclareceu:

É verdade, meu filho. Os pregos desapareceram, porém as marcas ficaram, é a culpa."

Helena, mude sua história!

Ao término da narração da fábula, fez-se grande silêncio na plateia, que meditava sobre as palavras do amigo que falava na tribuna do Centro Espírita. Nesse momento, Octávio aproveitou para encerrar a palestra.

– Irmãos, toda nossa evolução e crescimento espiritual são baseados na Lei mais sublime e divina do Universo: a Lei do Amor. Pautemos nossas vidas na prática do amor, lembrando de que nosso querido amigo Chico Xavier, que quando questionado acerca de se arrepender de alguma coisa, respondia com toda a simplicidade e humildade espiritual inerentes aos espíritos da envergadura deste "apóstolo da caridade": "Ah, sim, arrependo-me de não ter amado mais."

– Obrigado e vão em paz! – encerrou o amigo Octávio.

Terminada a palestra, as duas distintas senhoras esperaram o movimento da Casa diminuir para trocarem algumas palavras com Octávio. O simpático senhor tomou a iniciativa de tocar no delicado assunto com Inês.

– Helena ficará bem, Inês. Saiba que além dos profissionais da clínica, há também os benfeitores espirituais que fazem um belíssimo trabalho.

– Eu imagino, Octávio. Nos primeiros dias sofri mais, mas agora, passada uma semana, eu confesso estar melhorando... Não sei explicar, mas depois da sua palestra e do passe, estou ótima.

– Está vendo como as forças invisíveis atuam? Que bom, Inês! Continue com seus pensamentos focados no bem e acreditando que sua filha sairá de lá melhor. Oremos bastante por ela.

Enquanto as duas senhoras conversavam com Octávio, Suzana, com a filha Maria Clara ao colo, e Jaqueline com um "barrigão" de sete meses, surgiram e todos se cumprimentaram calorosamente.

— Suzana, sua filha está linda! – disse Maristela.

— Obrigada! Agradeço a Deus todos os dias por ter me enviado Maria Clara!

— Que bênção, minha querida. E você, Jaqueline? Como está aguentando esse barrigão com duas meninas aí dentro?

— Nem eu sei. É só não ficar em pé muito tempo! Mas minha felicidade supera tudo isso! Não vejo a hora! Também sou muito grata a Deus e aos amigos desta Casa por me ver hoje tão feliz.

— Que Deus abençoe a todas!

A agradável conversa durou ainda alguns minutos até que os frequentadores, em sua maioria, fossem embora, restando apenas o palestrante da noite, além de Suzana com sua pequena filha, Jaqueline, Suzana, Inês e Maristela. Octávio, educadamente, disse a todas que necessitava fechar a Casa e que se desejassem poderiam tomar um café fora dali. Estava ficando tarde e todos resolveram se despedir.

* * *

Do outro lado da vida, Ahrmed, Rodolfo, Mafalda e o grupo de benfeitores espirituais que os acompanhavam, felizes com o êxito da missão, conduziam o corpo desdobrado de Helena de volta para a clínica.

Os três ainda conversaram a respeito de outras formas de ajudar Helena nos meses seguintes em que ela ficaria internada. Ahrmed revelou ao casal que o seu grupo estaria sempre vigilante e influenciaria uma das enfermeiras da clínica a ajudar a bela jovem.

Capítulo 30

Seis meses depois

Na manhã de certo sábado, Inês recebeu um telefonema da clínica informando que sua filha acabara de ter alta. Para felicidade da distinta senhora, a notícia chegava alguns dias antes do esperado, pois ela imaginava que isso ocorreria apenas na metade da semana seguinte. Radiante de alegria, Inês ligou para Maristela para combinar de irem juntas buscar Helena.

– Chegou o dia, minha amiga! Deus seja louvado!

– Anteciparam? Você me disse que deveria ser quinta ou sexta da semana que vem! Que bom, Inês! Ganhou um presente de aniversário, então?

– Nossa! Até tinha me esquecido que amanhã é o meu aniversário. Um presente e tanto passar essa data com minha filha.

– Você merece! Eu sempre estive ao seu lado e sei de tudo que você passou!

– Agradeço a Deus por tê-la como amiga! Nesse meio ano só vi minha filha por cinco vezes e toda vez que eu voltava da clínica chorosa e melancólica era você quem estava aqui para me dar o ombro amigo. Meu consolo era que a cada visita eu notava um pequeno progresso.

– Vamos buscar sua filha e esquecer esse passado triste, amiga.

As duas lá chegaram e foram atendidas pelo diretor geral da clínica que, antes de trazer a jovem, conversou bastante com as duas senhoras, informando que o tratamento fora bem-sucedido e que, a partir daquele momento, o apoio da família seria fundamental.

— Obrigada por tudo, Dr. André! Que Deus lhe retribua em bênçãos tudo que vocês fizeram por Helena.

— Não me agradeça, Inês. Saiba que agora entrarão em nova fase, e é importante você seguir esta cartilha que lhe dei. Saiba que o corpo da sua filha foi desintoxicado, mas é preciso que vocês fiquem vigilantes para que ela não tenha futuras recaídas.

— Estou ciente, doutor. Eu e minha amiga somos espíritas e a Casa que frequentamos continuará sendo um dos pilares para mantemos Helena saudável. Pode acreditar.

— A crença religiosa é importante, qualquer que seja. Como já conversamos, vocês têm de alimentar a mente de Helena com coisas saudáveis, alegres, que a deixem feliz e façam bem a ela. Isso vale para um templo religioso onde ela se sinta bem.

— Mais uma vez, muito obrigada, doutor!

As duas senhoras esperaram alguns minutos, e Helena apareceu, bem arrumada, um pouco mais magra, com um penteado diferente e expressão de repleta felicidade! Com muitas lágrimas nos olhos correu para os braços da mãe, dando-lhe um duradouro e apertado abraço.

— Mãezinha querida! Quantas saudades!

— Oh, minha filha! Eu também. Nem parece que nos víamos a cada trinta dias. As visitas eram tão rápidas!

— Sabe do que mais senti falta? Da internet! Me isolei do mundo, minha mãe — falou Helena entre gargalhadas, emendando: — Brincadeira, mãezinha. Do que mais eu senti falta foi da senhora.

Enquanto mãe e filha conversavam, Maristela fez questão de deixá-las à vontade, ausentando-se da sala do doutor, que também havia saído de lá para atender a um paciente. Assim que Maristela retornou, Helena mesmo teve a inciativa:

— Vamos conversar melhor em casa. Deixa que a mala eu mesma levo. Maristela, eu quero que venha com a gente. A senhora também é da família. Por favor, não vai negar essa, né?

— Helena, minha querida, eu sei que vocês têm muito o que conversar, outra hora vou com calma, sim. Prometo. Mas, dessa vez, não ficarei. Eu as deixo lá e vocês ficam tranquilas para papearem.

— A senhora não veio com seu carro, mãe?

— E essa minha amiga Maristela aqui na sua frente me deixou fazer isso? Não tive chance.

O "papo" descontraído durou mais alguns minutos, logo, com a chegada do doutor, as mulheres se despediram e foram embora.

Sozinhas em casa, mãe e filha tiveram a oportunidade de conversar bastante. Helena revelou à mãe alguns detalhes do dia a dia da clínica e confessou que no primeiro mês pensou em fugir.

— Por que não me contou isso em uma das visitas?

— Porque eu achava que tudo estava sendo gravado e aí eu fantasiava que eles pudessem me amarrar na cama, tal qual num hospício.

— Bobagem sua, minha filha. Coisas da sua cabeça. Deveria ter me contado.

— Os primeiros dias foram muito difíceis. Eu queria quebrar tudo com vontade de consumir a droga. Por mais de uma vez me deram injeção para dormir e, então, eu acordava melhor. Mas deixa pra lá. Vamos falar de coisas alegres, agora. E o Centro? Como vai?

— Nossa, minha filha! Você perguntando isso até me surpreende. Que bom. Estou muito envolvida com eles. Amo aquele lugar.

— É que nessa minha reclusão estive pensando muitas coisas, minha mãe, e começo a acreditar que deve haver algo a mais do que vemos aqui.

— Tem muitas coisas que até mesmo nós, espíritas e eternos aprendizes, desconhecemos. Estamos sempre lendo, estudando, nos aprimorando. Vá comigo ao Centro quando eu for. O Octávio sempre pergunta de você.

— Irei sim, minha mãe. Vou te revelar um segredo. Uma das enfermeiras daquela clínica gostava muito de mim, disse-me que era espírita e me emprestou o livro *Nosso Lar*, de Chico Xavier. Devorei em três dias. Eu já estava lá havia uns três meses e ainda tinha algumas crises. Sabe que depois que eu li a história comecei a não ter mais crises de abstinência? Não sei, mas acho que foi por causa do começo do livro, o personagem principal ficou muito tempo no umbral e foi considerado suicida pela sua vida desregrada e cheia de vícios. Então, eu me coloquei na mesma situação e comecei a pensar que se eu continuasse naquela vida, causasse uma overdose e morresse, eu sofreria como ele.

— *Nosso Lar* é um clássico do espiritismo. Fico muito feliz que esteja abrindo sua mente para isso. E fico mais feliz ainda que isso tenha ajudado você.

— Achei muito legal, mãe. E Julia, que me emprestou o livro, é um amor. Eu conversava muito com ela. Até peguei o seu cartão e agora que não estou mais isolada vou adicioná-la nos meus contatos das redes sociais.

— Fico feliz com essas novidades. Faça isso sim, minha filha.

Helena, mude sua história!

— E quando for ao Centro me avise, mãe.

— Com certeza!

As duas continuaram a conversar e ficaram juntas por toda a tarde. À noite, pediram uma pizza e seguiram colocando os assuntos em dia. Nem perceberam a hora passar. Helena sabia que o aniversário de sua mãe seria no dia seguinte, então, esperou dar meia-noite para abraçá-la e beijá-la, felicitando-a pela data!

— Parabéns pelo seu aniversário, minha mãe! Eu te amo muito! Obrigada por tudo.

As duas novamente se emocionaram. Inês pôde perceber que a filha havia mudado. Era outra Helena. Mais dócil, mais compreensiva, mais sofrida e mais humana. Seu isolamento tinha surtido bons resultados.

Capítulo 31

Uma religião

Alguns dias se passaram e tudo seguia dentro da normalidade. Helena providenciou sua rematrícula na faculdade, retomando seu curso ainda naquele semestre. Na tarde de uma terça-feira, Inês lembrou à filha que naquela noite haveria palestra no Obreiros da Nova Era.

— Helena, minha querida. Hoje irei ao Centro.

— Que bom, mãe! Será o Octávio a dar a palestra de hoje?

— Sim, Helena. Que eu saiba, sim!

— Que bom! Se possível quero conversar um pouco com ele depois.

— Acho uma ótima ideia. Octávio é um amor. Ele sempre tem um conselho, um ensinamento ou uma palavra amiga para dar.

— Perfeito!

E durante aquela noite lá estavam mãe e filha no auditório onde seria proferida mais uma palestra do amigo Octávio. O simpático senhor entrou na sala muito sorridente e saudou todos os presentes.

— Boa noite a todos, que a paz do Mestre Jesus nos envolva esta noite e em todos os momentos de nossa vida.

Após ligeira pausa, Octávio efetivamente iniciou a palestra.

— Caríssimos amigos de sempre, é comum a pergunta, mesmo entre o meio espírita, se a Doutrina Espírita é uma religião. E esse é o tema que abordaremos nesta noite, mas para isso é preciso que primeiro procuremos entender um pouco acerca do significado da palavra religião e de sua ligação com o homem.

— A palavra religião deriva do latim *Religare*, que significa ligar, unir o homem a Deus. Esse mesmo homem, que desde seus primórdios lida com a intuição de um poder maior, poder esse inexplicável, misterioso. E assim fomos com o passar do tempo, adorando e temendo este "poder" por meio de sacrifícios animais e mesmo humanos, criando e adorando "deuses" e lendas mitológicas que pudessem explicar um poder que não conseguíamos definir ao certo.

— Com tudo isso foram surgindo as "Religiões", que acabaram se dividindo em duas grandes vertentes geográficas. As religiões orientais e as ocidentais.

— Como principais correntes religiosas no Oriente, vamos ter o judaísmo, que tem em Moisés seu principal personagem e a Torá, seu livro sagrado, composta pelos cinco primeiros livros do Antigo Testamento, que são: *Gênesis*, *Êxodo*, *Levítico*, *Números* e *Deuteronômio*, livros esses que contam a história do povo de Israel.

— Temos também o islamismo, com Maomé como profeta e o Alcorão como livro de orientação espiritual; o hinduísmo com a cultura de adoração a muitos Deuses e o budismo, por meio de Buda, ou o Príncipe Sidartá Gautama, com suas escolas budistas espalhadas principalmente pelo Tibete, China e Japão.

— Já no seguimento religioso ocidental temos o catolicismo, com Jesus como seu maior ícone, seguido de seus apóstolos e "santos" diversos criados pela igreja católica ao longo de sua existência.

— A partir do século XVI surgiram as linhas protestantes com Lutero, Calvino e outros, ramificando-se em batistas, presbiterianos, luteranos, metodistas, adventistas do 7º dia, testemunhas de Jeová e muitas outras conhecidas atualmente.

Nesse momento, Octávio fez pequena pausa, dando espaço para que um senhor na plateia atenta questionasse:

— São necessárias todas essas religiões? Mesmo sabendo que muitas religiões afastaram-se do caminho correto da orientação a seus seguidores?

— Sim, caro amigo — respondeu imediatamente Octávio. — As religiões têm sua razão de ser na necessidade de unir os homens a Deus e uns aos outros, favorecendo-os na busca constante do crescimento espiritual.

— Em *O Livro dos Espíritos* encontramos na questão 838 resposta para sua pergunta, quando Kardec questiona a espiritualidade: "Será respeitável toda e qualquer crença, ainda quando notoriamente falsa?" E nossos benfeitores espirituais nos esclarecem: "Toda crença é respeitável quando sincera e conducente à prática do bem. Condenáveis são as crenças que conduzam ao mal."

— Caríssimos irmãos, a religião destina-se ao conforto moral e à preservação dos valores espirituais do homem, desmistificando a morte e abrindo-lhe as portas à percepção humana. E aí temos a Doutrina Espírita, um conjunto de princípios que serve de base a um sistema religioso, filosófico e científico, trazendo o homem à luz do conhecimento e da elevação moral e espiritual.

— A Doutrina Espírita é ciência, quando estuda racionalmente os fenômenos mediúnicos, que são naturais, e é filosofia, quando responde a questões como de onde viemos, por que aqui estamos e para onde vamos.

— E, finalmente, é religião quando revive o Cristianismo puro, por meio da prática do amor e da caridade desinteressada. Mas, o espiritismo não é uma religião que se assemelha às demais que conhecemos, com estrutura clerical, uma vez que o espiritismo não tem sacerdotes, chefes religiosos, templos suntuosos, nem tão pouco cerimônias de batismo, crisma, casamento, rituais, velas, adoração de imagens, simbologias, talismás etc.

— Mas, então, nos perguntamos: Qual a finalidade da Doutrina Espírita? E podemos responder que é: despertar na humanidade as forças do bem, preparar a Terra para a era da fraternidade e completar a obra de Jesus.

— Os ensinos dos conteúdos do espiritismo são eminentemente cristãos, pois nos esclarece quanto à imortalidade da alma, às penas e recompensas futuras, justiça de Deus, livre-arbítrio e toda a moral do Cristo. Toda formação espírita guarda raízes nas fontes do cristianismo simples e claro, no exemplo de Jesus, em que sua religião era o amor, a caridade, a fraternidade, a indulgência e a reforma íntima. Nosso Mestre dirigia-se aos simples, aos puros de coração, reunia velhos, doentes, tristes, oprimidos, por meio de suas bem-aventuranças e ensinava que a felicidade nasce da caridade, do perdão e do trabalho. E o espiritismo dirige-se a todos de boa vontade, levando consolo aos sofredores de todos os tipos, ensinando que sem caridade não há salvação. Podemos ver aí uma clara simetria entre ambas, mesmo considerando épocas tão distantes, pelo fato de que Jesus é presença marcante no espiritismo.

Nesse momento, as pessoas, focadas, mantinham silêncio tentando absorver os ensinamentos da noite. De repente, um pequeno jovem, que estava atento à palestra, perguntou:

— E por que as pessoas não seguiram o cristianismo como Jesus ensinou e vivenciou?

— Esta é uma excelente pergunta, meu jovem. Para respondê-la vamos recorrer ao espírito Emmanuel, mentor espiritual de nosso saudoso Chico Xavier, quando diz: "Os homens dividiram-se em diversas religiões como se estas fossem pátrias materiais, mergulhadas no egoísmo e na ambição. Daí as lutas antifraternais religiosas de todos os tempos."

— Amigos, respeitemos a opção religiosa de cada um, lembrando que a religião mais adequada é aquela que nos transforma em homens e mulheres ética, moral e espiritualmente melhores. Entretanto, se procuramos nossa melhoria por meio dos ensinamentos espíritas, tenhamos em mente que o culto espírita é feito no coração, no sentimento puro de amor ao próximo, adorando a Deus pelo amor e pelas boas ações no trabalho fraterno, na caridade evangélica e na humildade de sentimentos.

— Cristo deixou-nos o maior exemplo de humildade desde o seu nascimento, não em um suntuoso palácio, mas na humildade de uma manjedoura que serviu de berço ao Mestre dos Mestres que conhecemos, até o momento derradeiro quando, crucificado entre criminosos, retornou às esferas crísticas, não sem antes pedir ao Pai que nos perdoasse porque não sabíamos o que fazíamos. E hoje, será que sabemos? Estamos cultuando a religião em nossas atitudes e em nosso coração ou estamos buscando a religião como forma de atenuar nossa consciência pelos erros que ainda cometemos em nossa jornada terrena?

— Para encerrarmos a palestra de hoje, rememoremos as palavras de Chico Xavier, quando nos ensina que:

> Religião, para todos os homens, deveria compreender-se como sentimento divino que clarifica o caminho das almas e que cada espírito aprenderá na pauta do seu ní-

vel evolutivo. Porém, na inquietação que lhes caracteriza a existência na Terra, os homens dividiram-se em numerosas religiões, como se a fé também pudesse ter fronteiras.

– Vão em paz e que a Luz do Pai envolva a todos.

Terminada a breve palestra, os presentes foram encaminhados para a câmara de passes. Ao chegar na vez de Helena, sensação de paz e alegria repletaram sua alma. Algo nunca sentido antes. Até aquele momento em sua vida, ela jamais havia rezado. Porém, o contexto da situação tocou fortemente seu íntimo e ela, emocionada, trocou humildemente algumas palavras com a força suprema em que ela agora começava a acreditar. Bonita cena em que a jovem, emocionada, em pensamento, conversava com o Alto de forma sincera, do fundo de seu coração.

Por quantas vezes muitos de nós, ao elevarmos os pensamentos ao Alto, fazemos de forma displicente ou automática, pronunciando mecanicamente frases decoradas sem pensar no real significado das palavras proferidas ou pensadas? A jovem Helena, de forma sincera, emotiva e profunda, naquele sublime momento, emanava pensamentos que brotavam de dentro de seu coração.

A verdadeira oração é o pleno diálogo com o Alto quando realmente os sentimentos saem de dentro para fora. Quantas vezes palavras são desperdiçadas por irmãos que se apropriam de um texto pronto, falam em voz alta, porém, intimamente estão divagando em seus pensamentos?

Terminado o passe, Helena, sensibilizada e renovada, aguardou pacientemente o momento apropriado para falar de maneira reservada com o amigo Octávio. A própria mãe achou prudente deixá-la a sós com o simpático senhor.

— Nos vimos duas vezes, Sr. Octávio, mas tenha a certeza de que nessas duas ocasiões suas palavras mexeram muito comigo. Fazia tempo que eu não vinha. Estive impossibilitada.

— Eu sei, minha querida! Orei muito por você nesses meses todos! Fico feliz que tenha retornado e esteja com essa excelente aparência.

— Estou começando nova fase, Sr. Octávio.

— Deixe de formalidades, menina, me chame apenas de Octávio.

— Está bem. Queria te falar que quero me aprofundar mais na Doutrina Espírita. O que me aconselha?

— Que bom, minha querida. Ótima decisão! Em relação à leitura, aconselho que comece inicialmente com *O Livro dos Espíritos,* uma das obras de Allan Kardec. Você poderia também ler outros livros dele na sequência: *O Evangelho Segundo o Espiritismo, A Gênese, O Céu e o Inferno,* mas, concomitante a isso, aconselho a frequentar mais a nossa Casa, primeiramente na condição de ouvinte, e depois, se desejar, engajar-se em alguma atividade dentre tantas que há aqui. Acharia muito oportuno você e sua mãe participarem do trabalho com dependentes químicos que acontece todas as quartas-feiras. Acho importante, mesmo você estando bem, comparecer a esses encontros. Mesmo porque, dessa forma, você estará ajudando alguma pessoa que esteja vivenciando esse conflito. Há muitas atividades aqui na Casa nas quais você pode começar a se engajar. Comece a frequentar e leia bastante.

— Eu li o livro *Nosso Lar* quando estive internada e amei. O começo foi meio chocante para mim e me fez refletir muito.

— Ah, sim. O umbral. Assusta, né? Mas não se preocupe, minha querida. O fato de termos consciência dos nossos atos errôneos podem nos direcionar e levar para caminhos mais suaves. E, acredite, se o livro chegou às suas mãos é porque assim tinha de ser. Nossos amigos invisíveis do bem nunca nos desamparam.

– Como é bom conversar com você, Octávio. Sabe que eu nunca havia rezado antes de vir aqui? Acho que fiz isso pela primeira vez na minha vida agora... Meio desengonçada, sem nem saber rezar direito, mas tentei.

– Ah! Minha querida. Que bom ouvir isso! Então, sua fé está se fortalecendo. Não importa a forma de dialogar com o Alto. O que importa é o que vem de dentro do coração.

– Pois, então, fiz isso! Vou confessar que eu era ateia. Comecei a mudar quando ouvi sua palestra falando de Deus.

– Que bom que isso tenha te ajudado um pouco! Mas o mérito é seu, Helena. E maior ainda por ter vencido seu vício.

– Um passo de cada vez! Tenho muito medo, sabia? Sinto-me bem. Estou limpa, mas preciso estar vigilante!

– Ore bastante. Mesmo que seja do seu jeito. Principalmente agora que você acredita em algo mais. Certamente, você será amparada.

Os dois continuaram a conversar quando Inês por lá surgiu e, educadamente, alertou a filha de que o simpático senhor necessitava fechar a Casa para o encerramento das atividades. Mãe e filha despediram-se de Octávio, felizes, e foram embora com as energias recarregadas.

Capítulo 32

O Centro Espírita

Os dias foram passando e Helena, determinada, resolveu abraçar a causa espírita e se engajar de vez no dia a dia de Obreiros da Nova Era. Começou a ler toda a literatura espírita sugerida por Octávio e a comparecer a palestras e seminários. Chegou a participar, durante algumas quartas-feiras, de reuniões específicas para tratar de pessoas com alguma dependência de álcool ou drogas. Aos poucos, inteirava-se de várias coisas.

Ao retornar para a faculdade, achou muito bom que seus antigos colegas estivessem um semestre à frente, pois sabia que dentre eles havia os que eram considerados "a turma da pesada" e, certamente, tentariam se aproximar dela para persuadi-la ao caminho torto. Fez questão de mudar seu número de telefone, excluir seus perfis das redes sociais e recriá-los somente com o sobrenome da mãe. Estava disposta a ter nova vida.

Com o decorrer dos meses, Helena sentia-se cada vez mais fortalecida. Sua amiga Beatriz havia trancado a faculdade e se mudado de cidade. E nunca mais ela tinha ouvido falar de Breno.

Inês, muito grata a Deus por ver sua filha em nova fase, retribuía com trabalhos voluntários no Centro pela graça alcançada. Uma de suas atividades naquela abençoada Casa era uma espécie de triagem para quem ali chegava pela primeira vez. Seus trabalhadores batizaram a atividade e "Assistência Espiritual". E a distinta senhora, uma vez por semana, tinha por responsabilidade essa tarefa.

E um dos atendimentos daquela semana chamou bastante atenção de Inês, pois tratava de um casal muito humilde

Helena, mude sua história!

que beirava os cinquenta anos de idade e havia perdido um filho devido ao seu envolvimento com drogas. Assim que ouviu as palavras iniciais dos dois, sempre solícita e com respostas sensatas, os aconselhou a participarem das palestras semanais e a se envolverem mais no dia a dia da Casa. Ismael e sua esposa Cida ouviam atentamente as palavras de Inês, que falava:

— Amanhã, por exemplo, é terça-feira, dia em que nosso palestrante Octávio faz sua palestra. O tema será "Cristo Consolador". E às quintas-feiras há também palestras com oradores de fora da Casa. Nesse dia, diferentemente das terças-feiras, um trabalho de psicografia é realizado aqui mesmo no auditório, nos fundos do salão, enquanto o convidado ministra sua palestra. Obreiros da Nova Era iniciou essa prática há menos de um ano e vem gostando bastante da experiência.

— Ouvimos falar sobre isso, dona Inês. Temos uma conhecida que perdeu um irmão em um acidente e conseguiu uma mensagem não faz muito tempo.

— Isso é uma dádiva. O que gosto de falar na "Assistência Espiritual" é que o telefone toca de lá para cá e nem sempre as pessoas que procuram notícias dos seus entes queridos conseguem contato, por mais que repitam a visita e insistam.

— Como seria bom receber uma mensagem do nosso filho! – falou Ismael, que continuou: – Sabe, senhora. Perdemos nosso filho há mais de dois anos e nossa dor é imensa. Parece que foi ontem que ele nos deixou. Minha esposa está cada vez mais deprimida. Éramos evangélicos, mas depois do que aconteceu, diminuimos a frequência à igreja. E, então, essa nossa conhecida, por perceber nossa angústia, falou deste lugar. Sabe, senhora, nunca desacreditamos de outas religiões. Como a gente queria uma mensagem do nosso filho...

— Tudo tem o momento certo, senhor. Tentem vir mais vezes, sem ansiedade. Frequentem a Casa e deixem o nome dele nas vezes em que estiverem aqui às quintas-feiras. Saibam que nesta Casa vocês sempre terão uma palavra amiga.

O casal despediu-se de Inês e, naquela tarde de segunda-feira, Helena estava com a mãe no Centro. Assim que a viu sozinha na sala de "Assistência Espiritual" entrou e sentou-se na cadeira.

— E aí, mãe? Como está seu trabalho aqui hoje?

— Acalmou agora, Helena. E você não vai acreditar: acabei de atender a um casal que perdeu um filho para as drogas. Eu imagino a dor deles! E eu fico pensando na dor que eu poderia estar sentindo se você não tivesse mudado o rumo. E o que me comoveu é que ele era filho único, assim como você!

— Nossa! Tadinhos, né, mãe? Estou há exatos vinte meses limpa, minha mãe. A clínica me ajudou muito, mas esta Casa... Ah! Esta Casa! Sem comentários. Mas que dó desses pais que perdem os filhos por causa das drogas.

— Como nos falam aqui, somos eternos aprendizes, mas, mesmo sabendo disso, eu me coloco no lugar de uma mãe como essa dona Cida, que acabei de conhecer, e imagino sua dor. Mas, por outro lado, no meu trabalho de Assistência Espiritual tenho de passar algumas palavras de consolo e esperança para a família e tentar mostrar que a vida é muito mais que isso. E fazer esses irmãos entenderem, conforme forem adquirindo conhecimento acerca da Doutrina, a Lei de Causa e Efeito, e que se estão passando por tal prova um dia receberão uma explicação.

— É verdade, mãe. Tomara que eles recebam logo uma mensagem do filho.

— Como eu disse a eles, o telefone somente toca de lá para cá. Muitos dos irmãos que aqui chegam não entendem isso.

– É, mãe... Seria maravilhoso se qualquer um de nós pudesse ligar pra lá, né?

– Você sabe que não é assim, não é, filha?

– Sei sim, mãe.

Capítulo 33

Cristo consolador

Na noite de terça-feira, Ismael e Cida estavam presentes pela primeira vez para a breve palestra de Octávio. E, daquela vez, o local estava mais lotado que de costume. Algumas cadeiras extras foram colocadas no corredor, limitando um pouco a passagem. Maristela e Inês, além de Helena, estavam entre os presentes. As amigas Suzana e Jaqueline também estavam por lá. A pequena Maria Clara, filha de Suzana, e as pequenas Maria Julia e Maria Beatriz, filhas de Jaqueline, ficaram do lado de fora, acompanhadas pelos prestimosos pais, respectivamente Matheus e Martin. As três Marias, entre um e dois anos, quando juntas "pegavam fogo", e seus pais, velhos frequentadores daquela Casa, sensatamente as mantinham no belo quintal do Centro enquanto o carismático Octávio falava. Como era de costume, o simpático palestrante entrou na sala muito sorridente e saudou todos os presentes.

— Boa noite a todos, que a paz do Mestre Jesus nos envolva nesta noite e em todos os momentos de nossas vidas.

— E falando de Jesus é que começo minha breve explanação desta noite. É sempre muito importante para todos nós, que somos cristãos por crer nele, que conheçamos e interpretemos sua mensagem de esperança consoladora.

— E hoje vamos estudar um ensinamento do Cristo, contido no "Evangelho de Mateus", capítulo XI, vv. 28 a 30, em que ele diz:

> Vinde a mim, todos vós que estais aflitos e sobrecarregados, que eu vos aliviarei. Tomai sobre vós o meu jugo e aprendei comigo que sou brando e humilde de coração e achareis repouso para vossas almas, pois é suave o meu jugo e leve o meu fardo.

— Quando Jesus chama aqueles que estão aflitos e sobrecarregados, a quem efetivamente está chamando? Ele chama aqueles para quem as dores são insuportáveis. Por vivermos em um mundo de provas e expiações e nos encontrarmos sujeitos às nossas próprias imperfeições, o sofrimento é inerente a todos nós e, muitas vezes, ele é insuportável. Mas por quê? Bom, aí podemos listar cinco situações que nos fazem sentir nossos sofrimentos insustentáveis.

— Primeiramente, a falta de conhecimento de que vivemos sob a Lei Divina de Causa e Efeito, em que os nossos sofrimentos são efeitos de atitudes equivocadas de nosso passado e mesmo do presente.

— Em segundo lugar, por sermos detentores de uma fé ainda muito pouco enraizada, que pode ser abalada por qualquer vento mais forte que nos traga dissabores e sofrimentos.

— Em seguida, desconhecemos a justiça de Deus, que não pune, nem premia, mas que dá a cada um de acordo com suas próprias obras, uma vez que a origem de nossos sofrimentos encontra-se em nós, não em nosso exterior.

— E, finalmente, consideramos nossas dores insuportáveis, pela falta de confiança em Jesus e em seus ensinamentos, fator acrescido do pensamento equivocado de que Jesus veio nos salvar, por si só, sem a contribuição de nosso esforço, aprendizado e trabalho. Contrariamente, Ele veio nos ensinar o caminho da salvação, caminho esse que nos levará ao crescimento espiritual e à perfeição. Afinal, que mérito nós teríamos se nossos erros fossem perdoados sem esforço, reforma íntima e sem a devida mudança de conduta?

– E Jesus, então, chama para si aqueles que acham que o fardo é maior do que seus ombros podem suportar. Por quê? Porque o seu jugo, sua autoridade não é a dos tiranos e déspotas, mas sim a autoridade do amor, da compreensão, da esperança e do consolo. O próprio Mestre disse que rogaria ao Pai para enviar outro consolador que ficasse eternamente conosco: o Espírito de Verdade!

– E, então, 18 séculos mais tarde, o Consolador Prometido chegou a nós por meio da Doutrina Espírita, a fim de restabelecer o que o próprio Jesus havia prometido. Doutrina esta que vem nos ensinar a realidade da vida futura, a nossa interação entre os mundos espiritual e material, e que passado, presente e futuro fazem parte de um mesmo processo de evolução de todos nós.

– Aquele que crê em Jesus e na vida futura, não com os lábios, mas com o coração, sabe que os sofrimentos são transitórios e que as dores corrigem e ensinam, mostrando que nossas provas e expiações podem, sim, ser suportadas. O conhecimento de seus ensinos leva-nos ao cumprimento das Leis Divinas e à prática da Lei do Amor, atenuando nossas dores, pois Jesus nos oferece uma proposta terapêutica libertadora: a liberação das amarras de nossos vícios materiais e espirituais, tais quais as paixões, o orgulho e o egoísmo.

O casal Ismael e Cida estava surpreso com as palavras proferidas por Octávio. Cida, com pensamentos introspectivos, perguntava-se silenciosamente o que seria o Cristo Consolador. E, surpreendentemente, na fala seguinte do palestrante ouviu a seguinte resposta:

– O Cristo Consolador é a luz. É sóbrio e austero, sem ser duro e cruel; compassivo, sem ser conivente. Ele exemplificou como viver em equilíbrio e perfeita sintonia com a vida e com seus irmãos, mas não veio solucionar nossos problemas, em um passe de mágica, mas sim nos mostrar caminhos e a responsabilidade de cada um, que é pessoal e intransferível.

– O homem sempre buscou salvadores, esquecendo-se de que a salvação depende dele mesmo. E, para encerrarmos, caros amigos, nos inspiremos nas palavras do amigo e irmão Chico Xavier, quando nos ensina:

> Nasceste no lar que precisavas, vestiste o corpo físico que merecias, moras onde melhor Deus te proporcionou, de acordo com teu adiantamento.
> Possuis os recursos financeiros coerentes com as tuas necessidades, nem mais, nem menos, mas o justo para as tuas lutas terrenas.
> Teu ambiente de trabalho é o que elegeste espontaneamente para a tua realização.
> Teus parentes, amigos são as almas que atraíste, com tua própria afinidade.
> Portanto, teu destino está constantemente sob teu controle.
> Tu escolhes, recolhes, eleges, atrais, buscas, expulsas, modificas tudo aquilo que te rodeia a existência.
> Teus pensamentos e vontade são a chave de teus atos e atitudes...
> São as fontes de atração e repulsão na tua jornada vivência.
> Não reclames nem te faças de vítima.
> Antes de tudo, analisa e observa.
> A mudança está em tuas mãos.
> Reprograma tua meta, busca o bem e viverás melhor.

– Muita paz e luz a todos.

O casal, encantado com as palavras de Octávio, foi, carinhosamente, encaminhado à câmara de passes. Após saírem, Ismael e Cida trocaram algumas palavras com Inês, que lhes apresentou às demais pessoas amigas, frequentadoras da Casa. O clima de Obreiros da Nova Era contagiou o casal, que prometeu voltar na quinta-feira seguinte com a esperança de obter, por meio da psicografia, uma mensagem do filho.

Capítulo 34

Recaída?

No dia seguinte à noite, Helena foi convidada pelos colegas da faculdade para um encontro de despedida. A jovem moça acabara de concluir seu curso e aquela era uma ocasião em que os formandos fariam a confraternização antes do baile de formatura, que aconteceria somente no início do próximo ano.

Para o tal encontro os formandos alugaram um espaço em uma casa noturna muito utilizada para as baladas dos jovens. O evento não era exclusivo dos universitários, porém os colegas da turma de Helena não se importavam com isso, muito pelo contrário, pois haveria mais pessoas da mesma faixa etária e a chamada "azaração" ficaria mais fácil de acontecer.

Após voltar da clínica, Helena estava ainda mais focada no curso e sempre procurava fechar os semestres com boas notas. Mas isso não impedia que muitos rapazes a assediassem pelo seu porte físico, pela sua beleza e simpatia. E assim ela mantinha um grupo que se conversava bastante por meio de mensagens de texto instantâneas, cada um com seu smarthphone. E, numa dessas conversas, os jovens começaram a agitar a tal balada.

Naquela noite, lá estava a bela jovem em companhia de algumas colegas da faculdade na casa noturna. Helena curtia festas, mas não consumia mais nem mesmo bebidas alcóolicas. O período de tratamento na clínica havia mudado completamente seu comportamento. No passado, como habitual usuária de cocaína, gostava também de beber bastante. Não diariamente feito uma pessoa alcóolatra, mas poderia muito bem ter ido para esse caminho. Por ter descoberto uma droga mais forte, preferiu àquela ao álcool.

E a festa seguia normalmente. Quando passava da meia-noite, Helena foi ao toalete e se deparou com uma cena muito familiar – três de suas colegas de classe colocando o pó de cocaína no espelho do pequeno estojo de maquiagem de uma delas. Na sequência, cada uma das três meninas aspirou a droga com um pequeno canudo usado para drinks. Elas rapidamente recolocavam o pó sobre o pequeno espelho e se alternavam para cheirar. Sem pudor ou constrangimento, uma delas chegou para Helena e disse:

– Venha, Lena. Dá um "tirinho" aqui! A gente tem bastante.

Outra colega insistiu:

– Esse é puro. Muito bom! Vai rápido, por que se chegar mais gente não vai dar pra todo mundo.

Helena respondeu:

– Não, obrigada! Tô de boa hoje.

– Aproveite, sua boba. O que tem demais? Você sabe que é bom!

O coração de Helena disparou. Todo seu passado eclodiu à sua mente. Em sua memória veio novamente toda a sensação de outrora. Estava limpa, mas desde que tivera alta na clínica nunca havia se deparado com uma situação daquelas. Era uma prova de fogo. Era o jogo da razão contra a emoção. A emoção: seu corpo estava limpo, porém a sensação que a droga lhe proporcionara no passado veio à tona e a vontade que ela teve de consumir novamente foi muito grande. O motivo: ela sabia que se caísse em tentação iria desperdiçar todo o tempo ganho e abriria as portas para um caminho obscuro e sem volta. Estava mais espiritualizada e possuía mais conhecimento que antes. Helena tornou a responder:

— Não, é bom! É ótimo! E por isso mesmo não quero! Quase destruí a minha vida por causa disso. Obrigada, meninas!

Helena saiu apressadamente do banheiro, apanhou suas coisas e decidiu ir embora, sem falar com ninguém. Saiu literalmente à francesa no melhor da festa. Chegou à sua casa e já passava de uma hora da manhã. Percebeu a luz do quarto da mãe acesa e não teve dúvidas, foi até lá. Inês estava acordada e vendo televisão em uma confortável poltrona. Muito feliz por ter visto a filha chegar mais cedo que o esperado e tê-la procurado, falou com espontaneidade:

— Que foi, Helena? Você não está bem. Sua fisionomia está estranha.

— Mãe, eu resisti, mãe! Eu resisti!

— O que aconteceu?

— Havia umas garotas cheirando no banheiro da boate e aquilo me perturbou. Todo o meu passado surgiu em alguns segundos e eu quase, minha mãe... Quase cheirei!

— Oh! Minha querida, graças a Deus você venceu esse desafio. Eu temia que um dia você passasse por isso. É a mesma coisa do que pedir para um ex-alcoólatra segurar um copo de bebida.

— A senhora não imagina o que estou passando. Até agora meu coração está disparado. Às vezes, tenho dúvidas se estou realmente curada. Será, minha mãe?

— Vire a página, Helena! O que passou, passou. Quando fomos te buscar na clínica, o Dr. André foi muito claro quando disse que os pacientes saem de lá desintoxicados, porém, sempre é preciso ficar alerta. Isso também foi nos dito depois, quando começamos a frequentar juntas lá no Centro o trabalho com os dependentes químicos e seus familiares.

— Eu lembro, mãe. Que medo que me deu agora. Mas uma coisa eu tenho certeza, amanhã quero estar novamente no Centro, pois lá tenho me sentido muito bem. Vou direto do meu trabalho.

— Faça isso, sim. Admiro seu esforço, minha filha. Agora que está trabalhando, ficou ainda mais responsável.

As duas continuaram a conversar por mais meia hora, depois, foram dormir. Apesar de toda a sua apreensão pelo ocorrido, Inês procurou se mostrar calma durante a conversa. Não pretendia revelar sua ansiedade para a jovem. Muito mais do que Helena, Inês sentia pânico somente em pensar na possibilidade da filha ter uma recaída. Estava aliviada, pois nada tinha acontecido. Ao se deitar, agradeceu em suas orações aos benfeitores espirituais.

Capítulo 35

Trabalhe para o bem

Conforme Helena havia prometido para a mãe, no dia seguinte estava presente no Centro Espírita Obreiros da Nova Era. Era uma quinta-feira e aquele era o dia da semana em que havia simultaneamente as palestras no auditório e o belíssimo trabalho de psicografia.

E, naquela ocasião, diferentemente de outras quintas-feiras, o colaborador Octávio foi incumbido de falar novamente, pois o convidado para o encontro tivera um imprevisto e não pôde comparecer.

Estavam presentes também no auditório o casal Ismael e Cida, que havia colocado o nome do filho em um papel para tentar receber uma mensagem. Inês logo cumprimentou o humilde casal, que mais uma vez lhe agradeceu muito.

Sorridente como sempre, Octávio surgiu no auditório para mais uma palestra. Aproveitou a ocasião para fazer uma pequena brincadeira dizendo que o convidado daquela semana não pudera estar presente e ele, então, tentaria não fazer feio. Depois, falando mais seriamente, continuou a dizer que se sentia grato por estar ali e ter novamente a oportunidade de apresentar alguns dizeres que trariam um pouco mais de luz a todos.

— Boa noite a todos, que a paz do Mestre Jesus nos envolva nesta noite e em todos os momentos de nossas vidas.

— Caros amigos, é de nosso conhecimento que o trabalho faz parte de nossas vidas desde a mais tenra idade, pois, mesmo que ainda não possuamos a idade apropriada para o trabalho, já vemos nossos pais, avós e outros familiares na lida profissional ou doméstica, em busca do sustento e da organização familiar.

— O trabalho é uma Lei Divina, que proporciona ao ser humano o seu crescimento material e também o crescimento moral e espiritual.

— O trabalho profissional, desde o mais simples até o mais complexo, dá suporte às famílias e ao crescimento da sociedade.

— O trabalho doméstico dá toda a sustentação para a casa e a família, que ali se instala sob o compromisso assumido na erraticidade, de ajuste entre espíritos afins.

— O trabalho da paternidade e da maternidade colabora na educação e encaminhamento daqueles que recebemos no seio de nossos lares e os quais chamamos de filhos.

— O trabalho social tem na caridade e no amor ao próximo o norte para o crescimento do espírito.

— O trabalho religioso, desenvolvido pelo padre, pastor, expositor espírita, leva orientação e esperança nas palavras redentoras das religiões cristãs.

— Todos nos dão oportunidades de trabalhar para o bem! Com dedicação, empenho e alegria. Muitas vezes nós nos deparamos com irmãos e até mesmo nós, dizendo que o trabalho que exercemos não é o que gostaríamos. Talvez não seja mesmo, mas é a oportunidade que temos de, além de ganhar nosso sustento, entender que ali está a nossa oportunidade de viver uma experiência que, se bem vivida, acrescentará muito em nosso crescimento espiritual.

A plateia prestava muita atenção em Octávio, que prosseguiu com a abordagem do tema:

— Motorista, costureira, cozinheira, escriturário, enfermeiro, médico, advogado, agricultor, engenheiro, enfim, toda profissão é importante, pois o trabalho é a Lei da Natureza, portanto, necessidade de todos.

Em seguida, Octávio passou a elucidar o tema por meio de uma narrativa.

— Conta certa história que um grande pesquisador da alma humana, interessado em estudar os sentimentos alimentados no íntimo de cada ser, resolveu iniciar sua busca com aqueles que estavam em pleno exercício de suas profissões.

— Dirigiu-se, então, a um edifício em construção e ali permaneceu por algum tempo a observar cada um daqueles que, de uma forma ou de outra, faziam com que um amontoado de materiais fossem tomando a forma de um arranha-céu.

— Após observar, cuidadosamente, aproximou-se de um dos pedreiros que empurrava um carrinho de mão, cheio de pedras, e lhe perguntou: "Poderia me dizer o que está fazendo?"

— E o pedreiro, com acentuada irritação, devolveu-lhe outra pergunta: "O senhor não está vendo que estou carregando pedras?"

— O pesquisador andou mais alguns metros e inquiriu a outro trabalhador que, semelhante ao anterior, também empurrava um carrinho repleto de pedras: "Posso saber o que você está fazendo?"

— E o interpelado respondeu com presteza: "Estou trabalhando, afinal, preciso prover meu próprio sustento e o da minha família."

— Mais alguns passos e o estudioso acercou-se de outro trabalhador e lhe fez a mesma pergunta.

— O funcionário soltou cuidadosamente o carrinho de pedras no chão, levantou os olhos para contemplar o edifício, que já contava com vários pisos e, com brilho no olhar, que refletia seu entusiasmo, falou: "Ah! Meu amigo! Estou ajudando a construir este majestoso edifício!"

— Então, caros amigos, eu pergunto: Quando o trabalho é feito com má vontade, quem é o maior prejudicado?

— Deus nos concede inúmeras possibilidades e capacidade para trabalharmos. Lembremos da Parábola dos Talentos, em que um senhor dono de terras e riquezas, ao sair de viagem, chamou seus três melhores empregados e deu a cada um deles certa quantidade de talentos, de acordo com a capacidade de cada um, para que cuidassem em sua ausência desses talentos. Ao primeiro deu cinco, ao segundo deus dois e ao terceiro um talento. Ao voltar de viagem chamou-os para prestação de contas e o que havia recebido cinco duplicou entregando 10, o mesmo acontecendo com o que recebera dois, devolvendo quatro. Mas o que recebera apenas um talento resolveu enterrá-lo e devolveu apenas esse talento, acarretando a ira de seu Senhor.

— E quanto a nós, quais são os nossos talentos? A cada nova reencarnação somos brindados com os talentos da inteligência, da palavra, da saúde, do dinheiro, das mãos, dos ouvidos, do poder e da capacidade de amar. Então, por que enterrarmos esses talentos, em vez de usá-los em benefício de nossos irmãos, de nós mesmos e da vida? Fénelon, sacerdote francês que viveu entre os anos de 1651 e 1715, ensina no capítulo primeiro de *O Evangelho Segundo o Espiritismo* que: "A cada um segundo a missão, a cada um segundo o seu trabalho."

— Irmãos espíritas, Jesus precisa de trabalhadores do bem em sua Seara Bendita, ele precisa de nossos talentos, principalmente nesses momentos de transição pelos quais passam nosso mundo e nosso espírito. Por esse motivo, arregacemos nossas mangas e saiamos do comodismo de nossa inércia para os campos de trabalho do Senhor, cooperando com sua obra da Criação.

– E para encerrarmos, meditemos nas palavras de nosso irmão José, por meio da mediunidade de Carlos Baccelli, em *Pai, perdoa-lhes*.

Octávio apanhou o óculos de leitura e passou a ler o texto que estava ao lado da bancada que apoiava o microfone:

> Alista-te, sem mais demora, em qualquer frente de trabalho que se encontra em ação, construindo o reino de Deus entre os homens.
> Todavia, trabalhando, não deixes que o melindre te subtraia a oportunidade de te contares entre os mais devotados cooperadores de Jesus.
> Enquanto muitos se iludem, disputando posições de liderança no imenso canteiro de obras, seja a tua meta o dever a cumprir, angariando o mérito intransferível do suor que verteres.
> Igual a Jesus, que não hesitou, em humilde carpintaria de Nazaré, secundando os esforços de seu pai, a utilizar o serrote e a enxó, o formão e o martelo, estende as tuas mãos e empunha, com alegria e dignidade, a ferramenta mais humilde que te for destinada.
> Simplesmente, escolhe servir onde, quando e como Jesus o queira, sem nem mesmo cogitar de salário, na certeza de que, hoje e sempre, receberás na justa medida de tua boa vontade e dedicação ao trabalho na Seara do Mestre.

Ao fim da palestra, alguns dos trabalhadores da Casa subiram no tablado e aplicaram um passe coletivo. Para isso, pediram a todos os presentes que fechassem os olhos e rezassem, pois durante a rogativa receberiam fluídos de luz.

Capítulo 36

Carta de um filho

Naquela bela noite de quinta-feira, a última tarefa dos colaboradores do Centro Espírita foi separar todas as cartas psicografadas e entregar aos familiares e amigos que ali estavam. Grande era a apreensão de todos que tinham colocado o nome dos seus entes queridos sobre a mesa dos médiuns. E, naquela ocasião especificamente, cinco médiuns trabalharam com muita presteza e amor.

Para imensa felicidade, o nome de Cida/Ismael foi pronunciado por um dos médiuns, e uma carta foi entregue ao casal. Inês, ao tomar conhecimento, ficou extremamente feliz. Não imaginava que em tão pouco tempo, buscando uma mensagem psicografada, isso pudesse acontecer.

Rapidamente, Cida apanhou as folhas de sulfite transcritas por um dos médiuns, e iniciou a leitura ali mesmo, sentada em uma das cadeiras do auditório, já um pouco vazio.

Conforme lia as palavras, seus olhos marejavam. A caligrafia era de fácil compreensão. Passado o tempo da leitura, Cida entregou as folhas de sulfite para Ismael que também, muito emocionado, leu a carta até o final.

Os dois estavam muito emotivos e felizes. Ali havia muitas evidências de que a carta era do filho deles. Os dois levantaram de suas cadeiras, e Inês foi por eles chamada, pois ambos estavam radiantes de felicidade e queriam compartilhar aquele momento. Mãe e filha se aproximaram.

– Não sei como lhes agradecer, minha querida! Leia você mesma. O meu menino enviou-me uma mensagem.

Helena, mude sua história!

Helena, de forma espontânea, antes que sua mãe começasse a ler, por perceber que as duas senhoras conversavam radiantes de felicidade, chegou para Cida e disse:

– Depois também quero ler, dona Cida. A senhora sabe que também vivenciei um problema de drogas, né? Minha mãe deve ter lhe contado...

– Lógico, minha querida. Então, leia. Você não se importa, né, Inês?

– De forma alguma. Pode ler, Helena.

Enquanto Helena lia, Cida, Ismael e Inês conversavam descontraidamente. Octávio e Maristela por ali surgiram, além de Ana, a médium que havia psicografado a carta.

Passados alguns segundos, e a jovem estava transfigurada com aquela leitura. Uma mistura de emoção, comoção, tristeza e alegria tomaram conta dela. Sua mãe estranhou a reação da filha, que chorava compulsivamente ao ler a carta de, até então, um desconhecido. A carta dizia:

> Queridos pais: com a graça de Deus hoje me sinto em condições melhores de vir aqui na crosta terrestre e trazer a vocês as notícias deste lado. Quando atravessei a fronteira da carne não tinha discernimento das coisas. Ah! Meu pai! Ah! Minha mãe... Quanto arrependimento! Eu era mais do que um usuário de cocaína. Eu vendia pequenas quantidades! Como eu era cego! Perdoem-me. Eu não tinha noção das coisas e os meus sentimentos estavam obscurecidos pelo vício! Eu tava desesperado porque tinha dívida financeira e, ao sair da casa de uma conhecida, fui pressionado a pagar o que eu devia e, então, pedi ajuda para um amigo que me incitou a fazer um sequestro relâmpago. Um guarda à paisana descobriu e eu, desesperado, fugi. Na fuga, fui atropelado e não resisti.

Meus queridos pais, eu não queria ter feito aquilo. Perdoem-me... Sofri bastante depois que desencarnei, pois continuei por razoável tempo sentindo os desejos da droga. Fiz o mal, não só a vocês, mas a outras pessoas. Meu Deus... Quanta gente comprou as drogas por minha causa! Não canso de pedir perdão a Deus!

Minha palavra agora é gratidão! Gratidão por depois de algum tempo ter sido acolhido em uma morada de luz e receber todo o carinho espiritual. Ainda estou em tratamento, e agora me sinto um pouco melhor. Hoje consigo, inclusive, participar de alguns trabalhos voluntários com amigos que desencarnaram em condições lamentáveis por estarem envolvidos com as drogas. É um bonito trabalho! Quem me ampara bastante por aqui é a vó Maria! Ela é muito linda!

Queridos pais: com a graça de Deus, hoje me sinto melhor, mas tem muitos irmãos que estão deste lado e ainda sofrem. Orem bastante pelos jovens que hoje estão no caminho das drogas, pois assim sempre haverá um grupo daqui que irá ampará-los. Vidas podem ser poupadas, e viver aí na Terra sempre é uma dádiva, uma oportunidade! Orem por todos: pelo Breno, pelo Bola, pelo Jo e tantos outros que aqui chegaram e não conseguem se desapegar do mundo material e, principalmente, das drogas.

Conforme vou estudando, aprendo que existem débitos de outras vidas, o que explica a missão de cada um. Parem de sofrer por mim! Acreditem, estou muito bem e agora melhor ainda por conseguir escrever esta carta! Meus queridos, sempre estarei ao lado de vocês! Eu os amo demais! Vamos nos reencontrar um dia. Muitos beijos do seu filho Heitor, ou, como diziam vocês, beijos do 'Tor'.

Helena, mude sua história!

Helena abraçou muito os pais de Heitor. Estava muito emotiva com toda aquela revelação. Contudo, manteve silêncio em relação ao seu passado, quando conheceu Heitor. Tinha agora certeza absoluta da veracidade das informações contidas na carta. Já era do seu conhecimento que Breno também havia desencarnado. Tudo se encaixava e ela oraria bastante por ele e por Heitor, e por outros mais a partir de então. Tudo o que estudava, tudo o que lia e tudo o que aprendia era, sim, verdade. Ela constatava na prática que o espírito sobrevive à matéria. Constatava na prática que a morte não existe. Uma mistura de sentimentos tomava conta da bela jovem.

Inês também leu a carta, porém, apesar de emocionada, não ficou tão comovida como a filha. Em seguida, acompanhou o casal até a saída do auditório de forma muito feliz e se despediu de ambos.

Capítulo 37

Carta de um pai

Helena ainda se recuperava do ocorrido quando, carinhosamente, Octávio chegou perto dela com Joana, outra médium que trabalhava no Centro, e disse:

— Tenho uma surpresa para você, querida! Deixe-me te apresentar a dona Joana. Ela me perguntou sobre uma garota em torno dos vinte e um anos que frequenta aqui. Pelas características deve ser você.

— Oi, querida. Muito prazer. Sei que você não deixou nenhum nome em cima da mesa, mas acabei de psicografar uma mensagem de alguém que hoje já tem muita luz. Esta carta é para você!

— Prazer! Nossa! Para mim? Obrigada.

Joana despediu-se dos dois, agradeceu e foi embora. O auditório ficou um pouco mais vazio. Ainda estavam lá Octávio, Inês, Maristela e Helena que, enquanto os demais conversavam, sentava-se em uma das cadeiras. Ela começou a ler a carta assim escrita:

> Leninha, minha querida! Menina doce dos cabelos cacheados! Minha eterna criança. Tenho lembranças da sua doce infância quando alegrava os meus dias tristes no nosso amplo sobrado. Subia e descia aquelas escadas como uma lebre, e eu, no silêncio do meu vício, a observar-te atentamente! Perdoe seu pai pelos erros de outrora! Hoje, maduro e consciente, reconheço que o álcool me destruiu e deixou marcas na sua infância. Isso

Helena, mude sua história!

me fincava na alma, até que um dia, mais esclarecido e sóbrio, pude aprender a magia da vida maior. Um dia entenderá os laços formados em vidas pregressas e a Lei da Causa e Efeito! Tínhamos de passar por esses percalços.

Estou radiante que tenha se curado! Sim! Você curou a sua alma doente, e recentemente teve a prova de fogo e resistiu bravamente! Que Deus continue a dar a você essa maravilhosa força interior que te engrandecerá como espírito imortal. É uma alegria para mim estar agora ao seu lado e te ver uma moça madura, linda, inteligente e especial.

Leninha, meu amor, fale para sua mãe continuar abraçando a causa espírita e procure acompanhá-la sempre que possível! Estudem o Evangelho de Jesus, praticando-o indefinidamente. Meus pedidos de perdão se estendem a ela. Saibam que sempre estaremos juntos, pois os dois mundos estão separados somente por uma palavra chamada 'percepção'.

Eu amo vocês! Beijos de Augusto.

Helena estava comovidíssima. Durante a leitura chorou feito criança. Somente seu pai a chamava de Leninha. A menção aos seus cabelos cacheados quando pequena era algo que nunca esqueceu. Sua reação foi explicada por Octávio para as duas senhoras ali presentes. Ele, calmamente, disse que se tratava de uma carta psicografada pelo pai da jovem.

Inês esperou pacientemente a filha finalizar a leitura para, então, ler a carta. Ela, igualmente, emocionou-se bastante. Mãe e filha sentiam-se muito felizes em saber que Augusto estava bem no mundo espiritual. E a formosa jovem, em pensamento, perdoara o pai por qualquer ato pretérito. Idênticos eram os sentimentos de Inês. Aquela iluminada Casa ensinava, durante as palestras, os seminários e os encontros, que o perdão era uma palavra mágica, que deveria ser colocada em prática sempre que possível. Uma oportunidade que as duas não desperdiçavam.

Àquela altura, Octávio, Maristela, Helena e Inês estavam sozinhos no local, pois as demais pessoas já haviam se retirado. Octávio, cuja incumbência era trancar o Centro, não se importou em continuar a conversa com as amigas, mais um pouco. Sabia que o momento para mãe e filha era especial e que do outro lado da vida havia alguém que captaria todo aquele sentimento de alegria e bons fluídos emitidos pelas duas.

Capítulo 38

Confraternização espiritual

Enquanto no Centro Espírita as três mulheres e Octávio eram as pessoas restantes, as companhias desencarnadas ali presentes eram várias. Rodolfo e Malfada estavam lá. E, pela primeira vez após o retorno de Augusto à pátria espiritual, eles o acompanharam para que ele pudesse levar a mensagem à sua filha da última encarnação. Naquele momento, laços espirituais de duas almas de uma recente vida se encontravam por meio de uma carta. Pai e filha ali estavam em diferentes dimensões, porém, unidos pelos sentimentos de amor.

Ahrmed, que também comparecia, liderava outra expedição ao globo terrestre e trazia consigo uma legião de benfeitores, que desde as primeiras horas daquele dia trabalhava e preparava o ambiente do Centro Espírita. Heitor, carinhosamente amparado por ele, apreciou todo aquele trabalho de doação de amor. Naquele momento, um pouco mais fortalecido, após longos meses em tratamento em um hospital espiritual, ele pôde sentir o carinho dos seus pais e a eles também escrever uma carta.

Os desencarnados presentes se confraternizaram por terem tido a permissão de transmitir suas mensagens aos seres habitantes do planeta azul. Ahrmed pediu para que eles se dessem as mãos, formando uma grande ciranda, e orassem agradecendo ao Mestre Jesus por aquele momento. Além de Heitor e Augusto, havia demais entidades que tinham escrito mensagens naquela noite para outros frequentadores daquela abençoada Casa.

Heitor, que já havia reconhecido a formosa jovem pela sintonia dos seus pensamentos ao ler sua carta, sentia-se feliz por vê-la bem. E as almas provenientes de diferentes moradas interagiam entre si, cada uma com seu nível peculiar de discernimento e evolução, porém todas com semblante de alegria por levar aos entes queridos palavras de conforto, otimismo e fé.

Cada um daqueles seres invisíveis foram alegremente rumando de volta para seus mundos, e a Casa de Caridade, no seu entorno, mostrava para os seres espirituais uma gigantesca aura clara, tal qual um nascer do sol, composto de raios dourados e intensos a deslumbrar a visão dos seus apreciadores.

Por fim, Augusto pediu permissão para Rodolfo e Mafalda para ficar por lá até que Octávio apagasse as luzes e saísse, para que ele pudesse abraçar Inês e Helena antes de partir. E assim foi feito. O pai da bela jovem orou com toda sua fé agradecendo a Deus pelo reencontro e, ao final da oração, abraçou-as fortemente.

Aquele abraço espiritual lhe deu as mesmas sensações de quando encarnado, proporcionando a ele os mesmos sentimentos de alegria, plenitude e amor. O perfume das duas exalava para ele os aromas de outrora. O calor do corpo delas lhe proporcionava as sensações de reciprocidade do abraço dado.

Mãe e filha, apesar de não terem sentido o abraço fisicamente falando, tinham a sensação de plenitude da alma. Linda cena! Ao passar os olhos mais uma vez pela carta, Helena sentiu o perfume do seu pai e sorriu, dizendo em pensamento: "Eu sei, meu querido pai! Você está aqui, né? Saiba que eu te amo muito! O senhor está mais do que perdoado. Eu que te peço perdão pelos meus atos! Obrigada, pai, pela carta! Mais uma vez: eu te amo!"

Augusto, com olhos marejados, abraçou novamente a filha Helena, sentindo-se feliz por vê-la mais espiritualizada e livre dos vícios. Agradecia mais uma vez a todos os benfeitores mais elevados pelo momento que vivenciava. Despediu-se dela e de Inês e, amparado por Mafalda e Rodolfo, foi levado por lindo feixe de luz, que desapareceu no infinito.

fim

CARLOS EDUARDO MILITO
MARCOS CUNHA

Prefácio de Antonio Demarchi

A vida é mais, Jaqueline!

Romance Inspirado

ebm

A vida é mais, Jaqueline!

Carlos Eduardo Milito e Marcos Cunha

Jaqueline é uma garota de 23 anos que sofre de depressão, vive uma fase de extrema desilusão amorosa e decide colocar fim à sua própria vida. O planejado ato está prestes a acontecer quando um casal de amigos descobre os intentos da jovem moça, porém o tempo para intervir é muito curto. Nesses minutos finais, enquanto Matheus e Suzana se dirigem para o apartamento da sofredora Jaqueline, o amigo Octávio, expositor e colaborador da Seara Espírita, começa um trabalho de vibrações. Na visão espiritual do interior do apartamento da perturbada criatura, entidades de Luz deparam com espíritos desorientados e sofredores que a cercam e a obsidiam de forma intensa. O ilustre senhor permanece em prece com as boas lembranças captadas de suas antigas palestras para também agregar mais energia e direcioná-las para lá. Os intermináveis e intensos segundos de introspecção levam Octávio a ter a nítida sensação de um flashback de grandes momentos no Centro onde é trabalhador. Boas passagens da sua vida de doação e amor surgem em sua memória bem como a lembrança dos seus últimos doze meses quando teve a alegria de conhecer Matheus, Suzana, Martin e Jaqueline, e acompanhar a problemática da jovem moça e sempre ajudá-la, à medida do possível. Agora ele se vê em meio a uma forte rogativa a qual ele tem fé que será atendida. Será mesmo?